शेयर मार्केट में ₹ 10,000 की INVESTMENT से ₹ 100 करोड़ कैसे कमाएँ

शेयर मार्केट के बहुचर्चित नाम और सफल रणनीतिकार श्री श्यामसुंदर गोयल ने शेयर बाजारों में निवेश करने के लिए आसान प्रणाली और सूत्र विकसित किए हैं। उनके छात्रों ने इनकी काफी प्रशंसा भी की है कि शेयर बाजार के बारे में समझना और पैसे कमाना बहुत आसान है। उन्होंने कुछ सूत्र-सिद्धांत बनाए हैं, जो शेयर बाजार में सफल होने में आपकी मदद करेंगे। ये भारत में आसानी से काम करते हैं और बहुत सारी वर्कशॉप करने के बाद इन सिद्धांतों को पुस्तक के माध्यम से निवेशकों तक पहुँचाने की दृष्टि से उन्होंने यह व्यावहारिक पुस्तक लिखी है। उनके पास काम करने की समय-सीमा है जबकि पुस्तक की कोई सीमा नहीं है। यह किसी भी व्यक्ति के लिए आसानी से सुलभ हो सकती है। उनके लिए एक बहुत बड़ी चुनौती है भारत के चारों कोनों में खूब सारे सेमिनार करना। ऐसी स्थिति में इस पुस्तक के माध्यम से उन्होंने अपना अनुभव, ज्ञान और दक्षता साझा की है ताकि पाठक और निवेशक इसमें दिए सूत्रों को व्यवहार में लाकर शेयर मार्केट में सही इन्वेस्टमेंट करके करोड़ों रुपए कमा सकें।

हर निवेशक के लिए एक आवश्यक पुस्तक।

❖

जन्म : 15 जुलाई, 1970, गाजियाबाद।

शिक्षा : बी.कॉम (ऑनर्स), दिल्ली यूनिवर्सिटी। म्यूचुअल फंड्स में ए.एम.एफ. आई.। शेयर मार्केट में तकनीकी विश्लेषक।

निजी कंपनी में नौकरी के साथ कॅरियर की शुरुआत। सन् 1996 में भारतीय जीवन बीमा निगम में बीमा सलाहकार के रूप में कॅरियर शुरू किया और एम.डी.आर.टी (यू.एस.ए) क्वालिफाई करने के साथ ही जीवन बीमा निगम की ओर से गोल्ड मेडल प्राप्त किया। अनेक संस्थाओं द्वारा सम्मानित।

फाइनेंशियल प्लानर, लेखक और मार्केट कोच के रूप में कार्यरत।

संपर्क : एफ-75, स्ट्रीट नं. 3, पंचशील गार्डन, नवीन शाहदरा, दिल्ली-110032

grow.money99@gmail.com

shyamsundergoel.com

shyamgoel01

shyamgoel01

shyamgoel01

shyamgoel01

shyamsundergoel

8447788881

शेयर मार्केट में ₹ 10,000 की INVESTMENT से ₹ 100 करोड़ कैसे कमाएँ

श्याम सुंदर गोयल

प्रभात प्रकाशन

प्रकाशक

प्रभात प्रकाशन प्रा. लि.

4/19 आसफ अली रोड, नई दिल्ली–110002

फोन : 23289777 • हेल्पलाइन नं. : 7827007777

इ–मेल : prabhatbooks@gmail.com ❖ वेब ठिकाना : www.prabhatbooks.com

संस्करण

2024

पेपरबैक मूल्य

तीन सौ पचास रुपए

मुद्रक

नरुला प्रिंटर्स, दिल्ली

SHARE MARKET MEIN ₹ 10,000 KI INVESTMENT SE
₹ 100 CRORE KAISE KAMAEN
by Shri Shyam Sunder Goel

Published by **PRABHAT PRAKASHAN PVT. LTD.**
4/19 Asaf Ali Road, New Delhi-110002

ISBN 978-93-90900-04-6

₹ 350.00 (PB)

मेरी इच्छा कि हर भारतीय
शेयर मार्केट में सही निवेश द्वारा
करोड़पति बने

अनुक्रम

परिचय

सबसे पहले मैं इस पुस्तक को खरीदने के लिए प्रिय पाठक, आपको धन्यवाद देना चाहता हूँ। शेयर बाजार पर लिखी जानेवाली यह अद्‌भुत पुस्तक है। इस पुस्तक को चुनने के लिए धन्यवाद। हम इस पुस्तक के माध्यम से आपको मात्र 10,000 रुपए के एकल निवेश को 100 करोड़ रुपए में बदलने के लिए पाँच आसान चरण प्रदान करेंगे।

निश्चित रूप से, आपने इस पुस्तक को खरीदने के लिए कुछ कीमत का भुगतान किया है; लेकिन मैं आपसे यह वादा करूँगा कि आपको पुस्तक से जो ज्ञान मिलेगा, वह उससे कहीं अधिक होगा और आपके द्वारा भुगतान की गई कीमत उससे कहीं कम। हम अधिक-से-अधिक लोगों को शिक्षित करना चाहते हैं, ताकि वे शेयर बाजार में निवेश कर सकें और आसानी से शेयर बाजार से अरबपति बन सकते हैं। इस पुस्तक को खरीदने का आपका निर्णय आपके जीवन का सबसे अच्छा निर्णय है। भारत में शेयर मार्केट पर बहुत कम अच्छी पुस्तकें उपलब्ध हैं; लेकिन उन्होंने बहुत तकनीकी रूप से चीजों को समझाया है, इसलिए शेयर बाजार में समझने और लागू करने के लिए बहुत सारी जटिलताएँ व कठिनाइयाँ हैं। हमें पुस्तक के माध्यम से समस्या का समाधान करना है, इसलिए हमने यह पुस्तक लिखी है। इस तरह से हर कोई आसानी से पढ़ व समझ सकता है। शेयर बाजार के बारे में तमाम अध्ययन करने के बाद मैंने लोगों को, साथ ही छात्रों को भी शिक्षित करने के लिए सेमिनार किए हैं। मैंने जनता के लिए तथा स्कूल व कॉलेज के छात्रों के

लिए बहुत सारे सार्वजनिक सेमिनार आयोजित किए हैं।

मैंने शेयर बाजारों में निवेश करने के लिए आसान प्रणाली और सूत्र विकसित किया है। मेरे छात्रों ने इसकी काफी प्रशंसा भी की है कि शेयर बाजार के बारे में समझना बहुत आसान है। मैंने कुछ सिद्धांत—सूत्र सिद्धांत—बनाए हैं, जो शेयर बाजार में बहुत प्रभावी ढंग से काम करते हैं। ये भारत में आसानी से काम करते हैं और बहुत सारी कार्यशालाएँ देने के बाद मैं इन सिद्धांतों को पुस्तक में सूचित करना चाहता हूँ। मेरे पास काम करने की समय-सीमा है। पुस्तक की कोई सीमा नहीं है। यह किसी भी एक के पास आसानी से जा सकती है। मेरे लिए एक बहुत बड़ी चुनौती भारत के चारों ओर बहुत सारे सेमिनार करना है। इसके लिए बहुत समय और प्रयासों की आवश्यकता है। अपने जीवन में मैं एक लाख से अधिक लोगों को शिक्षित करने में सक्षम नहीं हूँ। हमारी जनसंख्या 138 करोड़ से अधिक है और प्रतिदिन भारत में 77 हजार से अधिक बच्चे पैदा हो रहे हैं। शिक्षा की बहुत माँग है, इसलिए हमने यह पुस्तक तैयार की है।

भारत में विभिन्न सर्वेक्षणों के अनुसार पता चलता है कि 90 प्रतिशत से अधिक लोग शेयर बाजार से नुकसान उठा रहे हैं। शेयर बाजार से धन बनाने के लिए कला और विज्ञान की व्याख्या करने के लिए मैं यह पुस्तक लिख रहा हूँ। भारत में अनुमानित 1.60 करोड़ डीमैट खाताधारक हैं, जो कुल आबादी का 2 प्रतिशत से भी कम है। बैंक की दरें दिन-प्रतिदिन कम हो रही हैं और पिछले दशक के वर्षों से ब्याज दरों को दो अंकों से घटाकर एक अंक कर दिया गया है। पंद्रह साल पहले की ब्याज दर लगभग 12 प्रतिशत और अब मात्र 6 से 7 प्रतिशत है। भारतीय अर्थव्यवस्था तेजी से बढ़ रही है और जी-8 देशों का हिस्सा बनने वाली है। जी-8 देशों में ब्याज दर मात्र 2 से 3 प्रतिशत है।

साल-दर-साल ब्याज की आय कम होने से लोगों को परेशानी का सामना करना पड़ रहा है। मान लीजिए, किसी व्यक्ति के फिक्स्ड डिपॉजिट में एक करोड़ रुपए हैं और पहले ब्याज प्रतिवर्ष 12 लाख रुपए या प्रतिमाह 1 लाख रुपए मिल रहा था। अब वर्ष 2020 में उन्हें 6 से 7 प्रतिशत प्रतिवर्ष

मिल रहा है। महँगाई के कारण रुपए की खरीद क्षमता 1 लाख रुपए से घटकर 50 हजार हो गई और उसे ब्याज भी कम मिल रहा है। इसलिए हम यह कह सकते हैं कि उसे वास्तव में रुपए 50 हजार ब्याज मिल रहा है और अगर मुद्रास्फीति पर विचार करें तो उसे केवल 25 हजार रुपए मिल रहे हैं। इसलिए जिस व्यक्ति के बैंक खाते में उसकी मेहनत का पैसा है, उसके पास अधिक रिटर्न पाने के लिए शेयर बाजार में कुछ प्रतिशत राशि को स्थानांतरित करने का एकमात्र तरीका है। हम आपको स्टेप-बाय-स्टेप बताएँगे कि आप शेयर मार्केट में अपना पैसा कैसे निवेशित कर सकते हैं। हम यह नहीं कह रहे हैं कि आप अपनी पूरी राशि शेयर बाजार में स्थानांतरित करें। हम आपको केवल यह सूचित करने की कोशिश कर रहे हैं कि आपको कुछ राशि शेयर बाजार में स्थानांतरित करनी है और अच्छा रिटर्न प्राप्त करना है।

विकसित देशों में 40 प्रतिशत से अधिक लोग शेयर बाजार में निवेश करते हैं और अच्छा रिटर्न प्राप्त करते हैं। शेयर बाजार में निवेश करने का एकमात्र तरीका शिक्षा प्राप्त करना है। अगर आपको शेयर मार्केट की शिक्षा मिलेगी तो शेयर मार्केट में नुकसान होने का कोई रास्ता नहीं है। हम विवरण में शेयर बाजार के बारे में प्रत्येक और हर चीज को समझाने की कोशिश करेंगे। यहाँ हम संक्षेप में चर्चा कर रहे हैं। शेयर बाजार में आप सेंसेक्स और निफ्टी को एक नई ऊँचाई तक पहुँचते देख सकते हैं। कुछ समय के लिए बाजार और शेयरों को मंदड़िए द्वारा चलाए जाने और रिटर्न में गिरावट का सामना करना पड़ेगा; लेकिन बाजार में गिरावट अस्थायी है और उस निवेशक को नुकसान देती है, जो बाजार में ठीक से शिक्षित नहीं है। जिसे शेयर बाजार के बारे में उचित शिक्षा मिलेगी, वह बहुत अधिक संपत्ति बना सकता है और शेयर बाजार से निष्क्रिय आय उत्पन्न कर सकता है।

इस पुस्तक को पढ़ते समय आपको पुस्तक को रेखांकित करना होगा और चीजों को आसानी से याद रखने के लिए छोटे-छोटे नोट्स बनाने होंगे। इस पुस्तक को बार-बार खोले बिना आपको पूरी पुस्तक को समझने में मदद मिलेगी।

स्टॉक मार्केट में परफेक्ट बनने के लिए आपको कम-से-कम दो लोगों को शिक्षित करना होगा। इससे आपको शेयर बाजार में परफेक्ट बनने में भी मदद मिलेगी। ऐसा करके आप दूसरों के जीवन में मूल्यों को जोड़ रहे हैं।

मैं आपसे यह भी वादा करता हूँ कि आपको पुस्तक से प्राप्त मूल्य उस कीमत से अधिक है, जो आपने पुस्तक खरीदने के लिए भुगतान किया है। आपको शुभकामनाएँ और आपके लिए करोड़पति व अरबपति बनने का रास्ता खुला है।

□

संकलन की कहानी

एक राजा था, जिसने एक बार शतरंज टूर्नामेंट आयोजित किया था। उसमें एक व्यक्ति विजेता बना और उसने विजेता से पूछा कि वह अपने पुरस्कार के रूप में क्या चाहता है? विजेता ने विनम्रता से कहा कि चावल के कुछ दाने। आगे उसने कहा कि शतरंज के पहले वर्ग में चावल का एक दाना रखा जाए, दूसरे पर दो चावल, तीसरे पर चार और आगे-आगे 64वें स्थान पर जो संख्या आए, वह मुझे चाहिए। तब राजा ने जवाब दिया कि हम आपसे खुश हैं। आप कुछ चावल के दाने क्यों माँग रहे हैं? आप मुझसे कोई भी पुरस्कार माँग सकते हैं। लेकिन वह अपने फैसले पर अड़ा रहा। राजा ने अनाज गिनने के लिए कहा और संख्या 64 की स्थिति में है—

92,23,37,20,36,85,47,80,000

उन्नीस अंकों की संख्या करोड़ों में थी। हमारे पास एक करोड़ में सात अंक हैं। केवल इसे पढ़ना मुश्किल है। लेकिन हमने इस संख्या को डिकोड किया है।

92 शंख 23 पद्म 37 नील 20 खरब 36 अरब 85 करोड़ 47 लाख 80 हजार।

राजा को अपने साम्राज्य से हाथ धोना पड़ा, क्योंकि वह संकलन की

शक्ति को नहीं जानता था। बहुत सारे उदाहरण हैं, जिन्होंने शेयर बाजार से संपत्ति बनाई है। जैसे श्री वारेन बफे ने शेयर बाजार से लगभग संपत्ति बनाई है, वह है—

57,54,00,00,00,000/- जो लगभग 6 लाख करोड़ है।

श्री राकेश झुनझुनवाला ने शेयर बाजार से 20 हजार करोड़ रुपए बनाए हैं।

श्री राधाकृष्ण दमानी ने शेयर बाजार से लगभग 90 हजार करोड़ रुपए से अधिक कमाए और अब वह भारत के दूसरे सबसे अमीर व्यक्ति हैं।

वैल्यूएशन श्री रामदेव अग्रवाल ने शेयर बाजार से 3 हजार करोड़ रुपए की संपत्ति बनाई।

श्री विजय केडिया ने शेयर मार्केट से 1,000 करोड़ रुपए से अधिक की संपत्ति बनाई।

श्रीमती डॉली खन्ना ने शेयर बाजार से 1,000 करोड़ रुपए की संपत्ति बनाई है। उन्होंने 52 साल की उम्र में निवेश करना शुरू किया था।

श्री वारेन बफे ने 11 साल की उम्र में निवेश करना शुरू कर दिया था। पैसा बनाने या धन कमाने के लिए शेयर बाजार में उम्र कोई रुकावट नहीं है।

ये कुछ उदाहरण हैं, जिन्होंने शेयर मार्केट से कई करोड़ रुपए कमाए हैं। जिस व्यक्ति के पास 100 करोड़ रुपए की संपत्ति है, उसे अरबपति के रूप में जाना जाता है। हम शेयर बाजार से अरबपति बनने के लिए बहुत सारी विधियों और तकनीकों की व्याख्या कर रहे हैं। हम अपने देश में अधिक-से-अधिक लोगों को शिक्षित करना चाहते हैं और उन्हें शेयर बाजार में निवेश करने के लिए प्रणाली को समझने में मदद करना चाहते हैं और शेयर बाजार से आसानी से अरबपति बन सकते हैं। हम अपने देश में कुछ अरबपति बनाना चाहते हैं, ताकि हमारा देश दुनिया में सर्वोच्च शक्ति बन जाए। मेरा एक सपना है कि एक दिन भारत 100 प्रतिशत साक्षर हो जाए। जैसे-जैसे हमारी अर्थव्यवस्था बढ़ेगी, गरीब बच्चों को आसानी से शिक्षा उपलब्ध होगी।

प्रत्यक्ष शेयर बाजार में जाने के दौरान हम पहले वारेन बफे के बारे

में चर्चा करेंगे, जो शेयर बाजार से धन बनाने के लिए बहुत से लोगों का उदाहरण दे रहे हैं, फिर हम अर्थव्यवस्था के कुछ तथ्यों पर चर्चा करेंगे कि हमारी अर्थव्यवस्था कैसे काम करती है। उसके बाद हम चर्चा करेंगे कि शेयर बाजार कैसे काम करता है, फिर हम शेयर बाजार में निवेश करने के लिए चार सिद्धांतों पर चर्चा करेंगे, जिसकी मदद से शेयर मार्केट से हर कोई आसानी से अरबपति बन सकता है।

शेयर बाजार में जाने से पहले ये चीजें सबसे महत्त्वपूर्ण हिस्सा हैं। जब हम खेतों में जाएँगे, तब हम जमीन को भी खाली कर देंगे, फिर उस पर जुताई करेंगे। हमें बाजार में निवेश करने के लिए मूलभूत बातों को समझना होगा। यह समझना महत्त्वपूर्ण है। जब आप सभी बुनियादी बातों को समझ लेंगे, तो आप शेयर बाजार में निवेश करेंगे।

यदि हम मूल बुनियादी बातों को जाने बिना सीधे बाजार में प्रवेश करते हैं तो वापस आने की संभावना है। बहुत सारे लोग गलतियाँ कर रहे हैं और बदले में बाजार उन्हें बहुत नुकसान दे रहा है। यदि आप शेयर बाजार से धन पैदा करना चाहते हैं और शेयर बाजार से निष्क्रिय आय भी उत्पन्न करना चाहते हैं तो आपको इस पुस्तक को बहुत सावधानी से पढ़ना होगा और उन बिंदुओं को रेखांकित करना होगा, जो आपके लिए सबसे महत्त्वपूर्ण हैं। आपको अपने संदर्भ उद्देश्य के लिए भी संक्षिप्त नोट्स बनाने होंगे। भविष्य में आपको पूरी पुस्तक पढ़ने की आवश्यकता नहीं है।

मैं आपसे फिर से अनुरोध कर रहा हूँ। जब आप इस पुस्तक को पढ़ रहे हैं तो आप आसानी से शेयर बाजार में निवेश करने की कला और विज्ञान को समझ पाएँगे। कृपया इस पुस्तक के प्रत्येक अध्याय के पृष्ठों को न छोड़ें। बाजार को समझना सबसे महत्त्वपूर्ण है। जब आप इस पुस्तक को पढ़ रहे हैं तो आपको तीन नियमों का पालन करना होगा—**नियम 1 :** पूर्ण पुस्तक पढ़ें, **नियम 2 :** महत्त्वपूर्ण बात को रेखांकित करें, जिसे आप बार-बार संदर्भित करना चाहते हैं, **नियम 3 :** एक संक्षिप्त नोट बनाएँ, ताकि जब आप पुस्तक में कुछ ढूँढ़ना चाहते हों तो पूर्ण पुस्तक को खोलने की आवश्यकता न हो

और इससे आप अपना समय बचाएँ।

आपको इस पुस्तक की मदद से कम-से-कम दो लोगों को शिक्षित करना होगा। साझा करने के लाभ यह हैं कि वे लोग, जो आपको शेयर बाजार के बारे में अपने ज्ञान को मजबूत करने के लिए सिखाते हैं, जबकि वे आपसे सवाल पूछ रहे हैं। यह प्रक्रिया पुस्तक को स्वचालित रूप से संशोधित करती है तथा एक और लाभ यह है कि वे बाजार के बारे में कुछ सवाल करेंगे। जब आप जवाब देंगे तो यह आपको बेहतर समझने में मदद करेगा। इससे एक और लाभ यह है कि आप दूसरों के जीवन में मूल्यों को जोड़ रहे हैं। जब आप दूसरे को कुछ दे रहे हैं तो ब्रह्मांड से प्राप्त करने का रास्ता आपके लिए खुल जाएगा। हमें दूसरे के जीवन में योगदान देना होगा। शेयर बाजार दुनिया में पैसा बनाने और अर्थव्यवस्था को बढ़ाने में मदद करने के लिए वास्तविक अवधारणा है। एक बार जब आप इस पुस्तक को पढ़कर समाप्त कर लेते हैं तो आप चीजों को बेहतर तरीके से समझ पाएँगे।

श्री वारेन बफे ने शेयर बाजार से 8,220 करोड़ अमेरिकी डॉलर (मार्च 2019 तक) की संपत्ति बनाई है।

हम श्री वारेन बफे के बहुत बड़े अनुयायी हैं। उन्होंने शेयर बाजार से बहुत सारी संपत्ति बनाई है और दुनिया को एक सबक दिया है कि आप भी न केवल तमाम धन पैदा कर सकते हैं, बल्कि यहाँ पैसा आपके लिए काम भी करता है।

75 वर्षों में 8,220 करोड़ डॉलर (1 डॉलर की कीमत 70 रुपए मान लेते हैं) यानी 5,75,400 करोड़ रुपए हैं। उनकी वर्तमान आयु 90 वर्ष है और उन्होंने 11 वर्ष की उम्र में निवेश करना शुरू किया। इसका मतलब है कि उन्होंने बहुत सीखने के बाद 6 लाख करोड़ रुपए की संपत्ति बनाने में 75 साल लगाए हैं। उसे स्वयं सीखने की लागत, लेकिन अब शेयर बाजार से धन-सृजन का रहस्य सामने आ गया है।

अगर कोई इतना धन पैदा करना चाहता है तो 75 साल नहीं लगेंगे। उसे इतना धन पैदा करने के लिए कम समय की आवश्यकता होगी। बहुत सारे

नए उदाहरण और रणनीतियाँ हैं, जो कि उन रणनीतियों को लागू करने के लिए हैं, जिससे कोई भी कम समय में बहुत अधिक संपत्ति बना सकता है।

इस पुस्तक में हम धन बनाने के लिए बहुत सारे उदाहरण साझा करेंगे। जैसा कि आप जानते हैं कि हमने इस पुस्तक का शीर्षक 'शेयर मार्केट से अरबपति कैसे बनें' दिया है। यह कोई मजाक नहीं है। हम इस रहस्य को साझा करेंगे कि कोई भी इस बाजार से केवल 10,000 रुपए का निवेश करके कितने करोड़ रुपए कमाता है। भारत में आप राकेश झुनझुनवाला से बहुत कुछ सीख सकते हैं, जिन्होंने केवल 5,000 रुपए का निवेश कर शेयर इक्विटी बाजार से 15,000 करोड़ रुपए कमाए।

इस पुस्तक से आप शेयर बाजार के मूल सिद्धांतों को आसानी से समझ सकते हैं। न केवल बुनियादी बातों को, बल्कि आप आसानी से टेक्नीकल बातों को भी समझ सकते हैं। हम साझा करेंगे कि आप 10,000 रुपए को 100 करोड़ रुपए में कैसे आसानी से बदल सकते हैं! यह एक बहुत ही अद्भुत पुस्तक है, जो इक्विटी मार्केट के बारे में बहुत सारे ज्ञान प्रदान करती है।

हमारे देश को समृद्ध भारत बनाना हमारा सपना है। हम इक्विटी मार्केट से बहुत सारे अरबपति पैदा करना चाहते हैं, जिनकी संपत्ति 100 करोड़ रुपए से अधिक हो। हमारा 100 प्रतिशत साक्षर देश का सपना है। अगर हमारे देश में करोड़ों अरबपति हैं, जो स्वेच्छा से आ सकते हैं और वहाँ अपने धन का कुछ हिस्सा गरीब बाल-शिक्षा के लिए दान के रूप में दे सकते हैं; तो एक दिन हमारे देश में 100 प्रतिशत साक्षर हो जाएँगे। इन शब्दों के साथ हम इस पुस्तक को पढ़ना शुरू करेंगे। हमारी इच्छा है कि अरबपति बनने का आपका सपना सच हो!

अर्थव्यवस्था का मूल

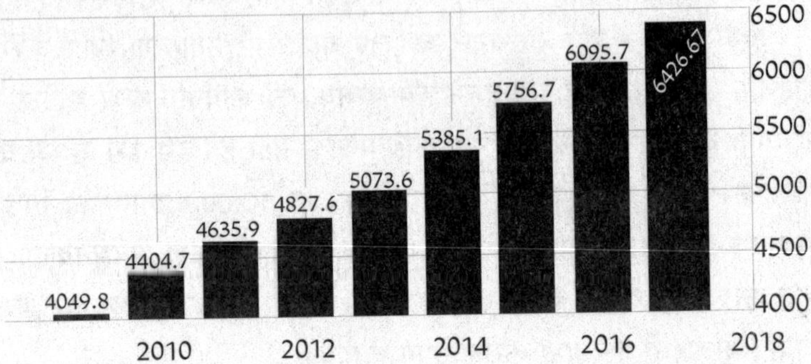

क्रय शक्ति क्षमता (Purchasing Power per person) भारत की

- 1990 में 1,120
- 2000 में 1,960
- 2017 में 7,060

क्रय शक्ति क्षमता (Purchasing Power Parity) भारत की

परिभाषा : यह प्रविष्टि एक वर्ष में सकल घरेलू उत्पाद (Gross Domestic Product) या एक राष्ट्र के भीतर उत्पादित सभी अंतिम वस्तुओं व सेवाओं का मूल्य प्रदान करती है। क्रय शक्ति क्षमता (पी.पी.पी.) विनिमय दरों पर किसी देश की जी.डी.पी. देश में उत्पादित सभी वस्तुओं और सेवाओं का मूल्य है, जो संयुक्त राज्य में प्रचलित वर्ष में प्रचलित मूल्यों पर मूल्यवान् है। यह वह उपाय है, जिसे अधिकांश अर्थशास्त्री प्रति व्यक्ति कल्याण को देखते हुए पसंद करते हैं और जब पूरे देश में रहने की स्थिति या संसाधनों के उपयोग की तुलना करते हैं। माप करना मुश्किल है, क्योंकि देश में सभी वस्तुओं और सेवाओं के लिए अमेरिकी डॉलर के मूल्य को सौंपा जाना है, चाहे इन वस्तुओं और सेवाओं का संयुक्त राज्य अमेरिका में प्रत्यक्ष मूल्य

समकक्ष हो (उदाहरण के लिए, एक बैलगाड़ी का मूल्य या गैर-अमेरिकी सैन्य उपकरण)। नतीजतन, कुछ देशों के लिए पी.पी.पी. का अनुमान माल एवं सेवाओं के एक छोटे और कभी-कभी अलग-अलग सेट पर आधारित होता है। इसके अलावा, कई देश औपचारिक रूप से विश्व बैंक के पी.पी.पी. प्रोजेक्ट में भाग नहीं लेते हैं, जो इन उपायों की गणना करता है। इसलिए इन देशों के लिए जी.डी.पी. के अनुमानों में सटीकता की कमी हो सकती है। कई विकासशील देशों के लिए पी.पी.पी. आधारित जी.डी.पी. उपाय आधिकारिक विनिमय दर के माप के गुणक हैं। अधिकांश धनी औद्योगिक देशों के लिए—GDP मानों के बीच अंतर आमतौर पर बहुत छोटा है।

□

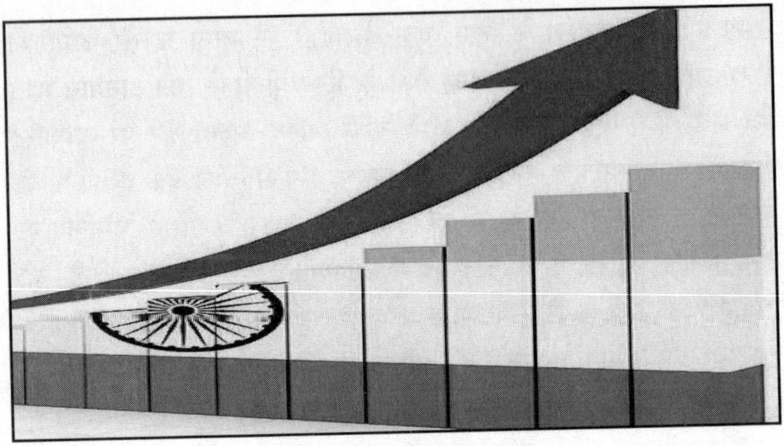

भारत की GDP

- 1990 में 32,660.8 करोड़ USD (22,86,200 करोड़)
- 2000 में 47,469.16 करोड़ USD (33,36,830 करोड़)

  2018 में 2,689.99 अरब USD

  i.e. 1,88,23,000 अरब

जी.डी.पी. क्या है?

सकल घरेलू उत्पाद (जी.डी.पी.) का अर्थ है—किसी देश में उत्पादित सभी वस्तुओं और सेवाओं की कुल राशि, जो एक विशिष्ट अवधि के दौरान धन की शर्तों में आमतौर पर एक वर्ष में व्यक्त की जाती है। यह अर्थव्यवस्था की क्षमता के साथ-साथ इसकी दक्षता के संकेत के रूप में एक महत्त्वपूर्ण व्यापक आर्थिक पैरामीटर है।

ऐसा इसलिए है, क्योंकि जी.डी.पी. गरीबी, बेरोजगारी, जीवन-स्तर और यहाँ तक कि साक्षरता एवं स्वास्थ्य के मानक जैसे अधिकांश अन्य सामाजिक-आर्थिक संकेतकों के साथ अच्छी तरह से संबंधित है। ज्यादातर मामलों में सह-संबंध सीमांत या वृद्धिशील आधार में है।

लगातार जी.डी.पी. बढ़ने से अर्थव्यवस्था में गरीबी, स्वास्थ्य देखभाल,

साक्षरता, रोजगार आदि पर सकारात्मक प्रभाव पड़ने की संभावना है। इसलिए जी.डी.पी. की अवधारणा राज्य की आर्थिक भलाई को समझने के लिए महत्त्वपूर्ण है।

जी.डी.पी. की गणना कैसे करें?

जी.डी.पी. की गणना के लिए निम्नलिखित समीकरण का उपयोग किया जाता है—

जी.डी.पी. = निजी खपत + सकल निवेश + सरकारी निवेश + सरकारी खर्च + (निर्यात – आयात)

जी.डी.पी. डिफ्लेटर बेहद महत्त्वपूर्ण है, क्योंकि यह मूल्य मुद्रास्फीति को मापता है।

इसकी गणना रियल जी.डी.पी. द्वारा नाम मात्र जी.डी.पी. को विभाजित करके और फिर 100 से गुणा करके की जाती है। (सूत्र के आधार पर)।

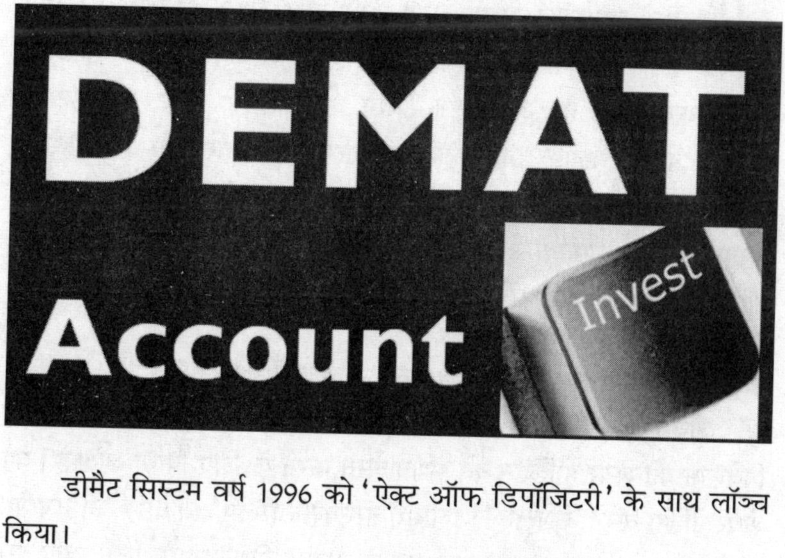

डीमैट सिस्टम वर्ष 1996 को 'ऐक्ट ऑफ डिपॉजिटरी' के साथ लॉन्च किया।

2008 में लगभग 2.91 मिलियन डीमैट खाताधारक।

2018 में लगभग 16.7 मिलियन डीमैट खाताधारक।

डीमैट (Dematerialization) खाता क्या है?

भौतिक रूप में इक्विटी शेयरों में निवेश एक लंबी प्रक्रिया, बहुत सारी कागजी काररवाई और नकली शेयर प्राप्त करने का जोखिम। संपूर्ण अनुभव को आसान और सुव्यवस्थित रखने के लिए डीमैट खाते की आवश्यकता होती है। ऑनलाइन ट्रेडिंग करते समय डीमैट अकाउंट का उपयोग डीमैटरियलाइज्ड/इलेक्ट्रॉनिक फॉरमेट में शेयर और सिक्योरिटीज रखने के लिए किया जाता है। डीमैटरियलाइजेशन के तहत आपके शेयर प्रमाण-पत्रों को भौतिक रूप से इलेक्ट्रॉनिक रूप में परिवर्तित किया जाता है, ताकि उनकी पहुँच बढ़ सके।

डीमैट अकाउंट द्वारा दी जानेवाली सुविधाएँ क्या हैं?

शेयरों का हस्तांतरण आसानी से एक डीमैट खाते का उपयोग किसी निवेशक की शेयर होल्डिंग को स्थानांतरित करने के लिए किया जाता है। यह शेयर ट्रेडिंग करने के लिए 'डिलीवरी इंस्ट्रक्शन स्लिप' (DIS) का उपयोग करके किया जा सकता है। लेन-देन के सुचारु निष्पादन के लिए आप इस परची में सभी प्रासंगिक विवरण प्रदान कर सकते हैं।

सुरक्षा सुविधा के खिलाफ ऋण

आपके डीमैट खाते में रखी प्रतिभूतियाँ आपको बैंक से विभिन्न प्रकार के ऋणों तक पहुँच प्रदान कर सकती हैं। आप अपने बैंक से ऋण प्राप्त करने के लिए संपार्श्विक के रूप में इन प्रतिभूतियों को गिरवी रख सकते हैं।

डीमैटरियलाइजेशन और डीमैटरियलाइजेशन

यदि आपके पास एक डीमैट खाता है तो प्रतिभूतियों को विभिन्न रूपों में बदलना एक सरल कार्य बन जाता है। आप डीमैटरियलाइजेशन के लिए अपने डिपॉजिटरी पार्टिसिपेंट (डी.पी.) को जरूरी निर्देश दे सकते हैं, यानी फिजिकल शेयर सर्टिफिकेट को इलेक्ट्रॉनिक फॉर्म में कन्वर्ट करवा सकते हैं। इसके विपरीत, आप अपनी आवश्यकताओं के अनुसार इलेक्ट्रॉनिक प्रतिभूतियों को वापस भौतिक रूप में परिवर्तित कर सकते हैं।

एकाधिक और आसान पहुँच विकल्प

इलेक्ट्रॉनिक ऑपरेशन के कारण कई मीडिया का उपयोग करके एक डीमैट खाते तक पहुँचा जा सकता है। आप कंप्यूटर, स्मार्टफोन या अन्य हैंडहेल्ड डिवाइस पर इंटरनेट की सुविधा का उपयोग करके निवेश, व्यापार, निगरानी और अन्य सुरक्षा संबंधी संचालन कर सकते हैं।

कॉरपोरेट काररवाई से संबंधित शेयर लाभांश और अन्य लाभ प्राप्त करना

डीमैट खाता होने से आपको प्रतिभूतियों के स्वामित्व से जुड़े लाभ उठाने में मदद मिल सकती है। जब भी कोई कंपनी अपने निवेशकों को लाभांश, ब्याज या धन वापसी प्रदान करती है तो सभी डीमैट खाताधारकों को इन लाभों तक पहुँच स्वत: मिल जाती है। इसके अतिरिक्त शेयर विभाजन, सही शेयर या बोनस इश्यू जैसे इक्विटी शेयरों से संबंधित कॉरपोरेट काररवाई शेयरधारकों के डीमैट खातों में अपडेट की जाती है।

शेयरों की तरलता : डीमैट खातों ने शेयरों को बेचने पर पैसा पाने के

लिए इसे सरल, तीव्र और सुविधाजनक बना दिया है।

बरखास्त डीमैट खाता : डीमैट खाते में विशिष्ट प्रकार या प्रतिभूतियों की मात्रा को डीमैट खाताधारक द्वारा फ्रीज किया जा सकता है। वह निश्चित समय के लिए डीमैट खाते को फ्रीज करने का विकल्प चुन सकता है। यह किसी भी डेबिट या क्रेडिट कार्ड के पैसे को विशेष डीमैट खाते में स्थानांतरित करना बंद कर देगा।

भारत का वैश्वीकरण : डीमैट खातों ने विदेशी निवेशकों को भारतीय शेयर बाजार तक आसान पहुँच प्रदान करने में महत्त्वपूर्ण भूमिका निभाई है और शेयर बाजार में विदेशी धन में वृद्धि ने समग्र भारतीय अर्थव्यवस्था को बदले में मदद की है।

□

शेयर बाज़ार की मूल शर्तें

बॉम्बे स्टॉक एक्सचेंज (BSE)

बॉम्बे स्टॉक एक्सचेंज (BSE) भारत में पहला और सबसे बड़ा प्रतिभूति बाजार है और सन् 1957 में देशी शेयर और स्टॉक ब्रोकर्स एसोसिएशन के रूप में स्थापित किया गया था। मुंबई, भारत के आधार पर बी.एस.ई. 6,000 कंपनियों के करीब है और यह दुनिया के सबसे बड़े एक्सचेंजों में से एक है; साथ ही न्यूयॉर्क स्टॉक एक्सचेंज (NYSE), NASDAQ, लंदन स्टॉक एक्सचेंज ग्रुप, जापान एक्सचेंज ग्रुप और शंघाई स्टॉक एक्सचेंज ।

बी.एस.ई. ने खुदरा ऋण बाजार सहित देश के पूँजी बाजारों को विकसित करने में मदद की है और भारतीय कॉरपोरेट क्षेत्र को विकसित करने में मदद की है।

बॉम्बे स्टॉक एक्सचेंज (BSE) कैसे काम करता है?

सन् 1995 में बी.एस.ई. एक खुली मंजिल से इलेक्ट्रॉनिक ट्रेडिंग सिस्टम में बदल गया। अकेले अमेरिका में एक दर्जन से अधिक इलेक्ट्रॉनिक एक्सचेंज हैं। न्यूयॉर्क स्टॉक एक्सचेंज (NYSE) और नैस्डेक सबसे व्यापक रूप से ज्ञात हैं। आज इलेक्ट्रॉनिक सिस्टम समग्र रूप से वित्तीय उद्योग पर हावी है। कम त्रुटियों, तीव्र निष्पादन और पारंपरिक ओपन-आउटक्री ट्रेडिंग सिस्टम की तुलना में बेहतर दक्षता प्रदान करता है।

प्रतिभूति, जो बी.एस.ई. सूचियों में स्टॉक, स्टॉक वायदा, स्टॉक विकल्प, सूचकांक वायदा, सूचकांक विकल्प और साप्ताहिक विकल्प शामिल हैं। बी.एस.ई. का समग्र प्रदर्शन बारह क्षेत्रों को कवर करनेवाले बी.एस.ई. के सबसे बड़े शेयरों में से 30 के सूचकांक सेंसेक्स द्वारा मापा जाता है।

30 कंपनियों के BSE सेंसेक्स 30 जून, 2019 तक

Company	cmp	market cap
Yes Bank Ltd.(L)	88.2	22,319
Tata Motors Ltd.(L)	160.2	47,699
Hero MotoCorp Ltd.(L)	2,514	52,046
Tata Steel Ltd.(L)	478.1	59,646
Vedanta Ltd.(L)	163.6	63,601
Tech Mahindra Ltd.(L)	681.5	67,611
Mahindra & Mahindra Ltd.(L)	642.3	83,531
Bajaj Auto Ltd.(L)	2,838	83,788

IndusInd Bank Ltd.(L)	1,532	90,094
Sun Pharmaceutical Industries Ltd.(L)	375.1	94,078
Power Grid Corporation Of India Ltd.(L)	205.8	1,09,942
Asian Paints Ltd.(L)	1,358	1,30,432
HCL Technologies Ltd.(L)	1,017	1,41,114
NTPC Ltd.(L)	136.4	1,41,838
Bharti Airtel Ltd.(L)	364.9	1,86,050
Maruti Suzuki India Ltd.(L)	6,365	1,97,621
Oil & Natural Gas Corporation Ltd.(L)	161.2	2,10,216
Axis Bank Ltd.(L)	806	2,11,834
Bajaj Finance Ltd.(L)	3,719	2,16,364
Larsen & Toubro Ltd.(L)	1,557	2,20,538
ICICI Bank Ltd.(L)	436.2	2,81,317
Kotak Mahindra Bank Ltd.(L)	1,518	2,85,980
Infosys Ltd.(L)	718.2	3,14,801
State Bank Of India(L)	370.6	3,27,800
ITC Ltd.(L)	279.4	3,40,671
Hindustan Unilever Ltd.(L)	1,791	3,87,976
Housing Development Finance Corporation Ltd.(L)	2,279	3,93,542
HDFC Bank Ltd.(L)	2,475	6,78,735
Reliance Industries Ltd.(L)	1,263	8,13,304
Tata Consultancy Services Ltd.(L)	2,162	8,41,510

नेशनल स्टॉक एक्सचेंज (NSE)

नेशनल स्टॉक एक्सचेंज ऑफ इंडिया लिमिटेड (NSE) मुंबई में स्थित भारत का प्रमुख स्टॉक एक्सचेंज है। NSE की स्थापना सन् 1992 में देश में पहले डीमैटरियलाइज्ड इलेक्ट्रॉनिक एक्सचेंज के रूप में हुई थी। NSE देश में एक आधुनिक, पूरी तरह से स्वचालित स्क्रीन-आधारित इलेक्ट्रॉनिक ट्रेडिंग सिस्टम प्रदान करनेवाला देश का पहला एक्सचेंज था, जिसने देश की लंबाई व चौड़ाई में फैले निवेशकों को आसान व्यापारिक सुविधा प्रदान की।

नेशनल स्टॉक एक्सचेंज का कुल बाजार पूँजीकरण 2.27 ट्रिलियन अमेरिकी डॉलर से अधिक है, जो अप्रैल 2018 तक दुनिया का ग्यारहवाँ सबसे बड़ा स्टॉक एक्सचेंज है। एन.एस.ई. (NSE) का प्रमुख सूचकांक निफ्टी 50 स्टॉक इंडेक्स का उपयोग भारत और दुनिया भर के निवेशकों द्वारा भारतीय पूँजी बाजारों के बैरोमीटर के रूप में बड़े पैमाने पर किया जाता है। NSE द्वारा निफ्टी 50 इंडेक्स 1996 में लॉन्च किया गया था; हालाँकि वैद्यनाथन (2016) का अनुमान है कि भारतीय अर्थव्यवस्था/सकल घरेलू उत्पाद का लगभग 4 प्रतिशत वास्तव में भारत में स्टॉक एक्सचेंजों से प्राप्त होता है।

संयुक्त राज्य अमेरिका जैसे देशों के विपरीत, जहाँ जी.डी.पी. का लगभग 70 प्रतिशत बड़ी कंपनियों और कॉरपोरेट क्षेत्र से प्राप्त होता है, भारत में कॉरपोरेट क्षेत्र राष्ट्रीय सकल घरेलू उत्पाद का केवल 12 से 14 प्रतिशत (अक्तूबर 2016 तक) है। इनमें से केवल 7,800 कंपनियाँ सूचीबद्ध हैं, जिनमें से बी.एस.ई. और एन.एस.ई. में स्टॉक एक्सचेंजों पर केवल 4,000 व्यापार में हैं। इसलिए बी.एस.ई. और एन.एस.ई. में स्टॉक केवल भारतीय अर्थव्यवस्था का लगभग 4 प्रतिशत है, जो कि अपनी आय से संबंधित गतिविधि को तथाकथित असंगठित क्षेत्र एवं घरों से प्राप्त करता है।

निफ्टी 50 अर्थव्यवस्था के तेरह क्षेत्रों के लिए एक विविध 50 स्टॉक इंडेक्स है। इसका उपयोग विभिन्न उद्देश्यों, जैसे बेंचमार्किंग फंड पोर्ट फोलियो, इंडेक्स आधारित डेरिवेटिव और इंडेक्स फंड्स के लिए किया जाता है। निफ्टी 50 का स्वामित्व और प्रबंधन NSE Indices Limited (पूर्व में India Index Services & Products Limited) (NSE Indices) के रूप में जाना जाता है। एन.एस.ई. इंडेक्स भारत की एक विशेष कंपनी है, जो एक मुख्य उत्पाद के रूप में सूचकांक पर केंद्रित है।

निफ्टी 50 इंडेक्स 29 मार्च, 2019 को एन.एस.ई. पर सूचीबद्ध शेयरों के मुक्त फ्लोट बाजार पूँजीकरण का लगभग 66.8 प्रतिशत दरशाता है।

मार्च 2019 में समाप्त होनेवाले पिछले छह महीनों के लिए निफ्टी 50 सूचकांक घटकों का कुल कारोबार मूल्य एन.एस.ई. पर सभी शेयरों के कारोबार मूल्य का लगभग 53.4 प्रतिशत है।

30 जून, 2019 को निफ्टी 50 का स्टॉक

	Company Name (M.Cap)	CMP	Market Cap (Cr.)
1.	Indiabulls Housing Finance Ltd.(L)	727	30,099
2.	Yes Bank Ltd.(L)	88.2	22,319
3.	Zee Entertainment Enterprises Ltd.(L)	345.8	34,232
4.	Dr. Reddys Laboratories Ltd.(L)	2,601	43,239
5.	Cipla Ltd.(L)	550	44,437
6.	Hindalco Industries Ltd.(L)	198.9	46,433
7.	Tata Motors Ltd.(L)	160.2	47,699
8.	Bharti Infratel Ltd.(L)	260.9	48,682
9.	Hero MotoCorp Ltd.(L)	2,514	52,046
10.	UPL Ltd.(L)	666.3	53,336
11.	Eicher Motors Ltd.(L)	19,627	54,064
12.	Tata Steel Ltd.(L)	478.1	59,646
13.	Grasim Industries Ltd.(L)	925	61,937
14.	Vedanta Ltd.(L)	163.6	63,601
15.	JSW Steel Ltd.(L)	266.6	66,486
16.	Tech Mahindra Ltd.(L)	681.5	67,611
17.	Britannia Industries Ltd.(L)	2,824	68,289
18.	GAIL (India) Ltd.(L)	306.5	69,389
19.	Bharat Petroleum Corporation Ltd.(L)	369.6	82,399
20.	Mahindra & Mahindra Ltd.(L)	642.3	83,531
21.	Bajaj Auto Ltd.(L)	2,838	83,788
22.	Adani Ports and Special Economic Zone Ltd.(L)	402.6	85,996
23.	IndusInd Bank Ltd.(L)	1,532	90,094
24.	Sun Pharmaceutical Industries Ltd.(L)	375.1	94,078
25.	Power Grid Corporation Of India Ltd.(L)	205.8	1,09,942
26.	Titan Company Ltd.(L)	1,278	1,14,582
27.	Ultratech Cement Ltd.(L)	4,521	1,27,563

28.	Asian Paints Ltd.(L)	1,358	1,30,432
29.	Bajaj Finserv Ltd.(L)	8,438	1,36,009
30.	HCL Technologies Ltd.(L)	1,017	1,41,114
31.	NTPC Ltd.(L)	136.4	1,41,838
32.	Indian Oil Corporation Ltd.(L)	152.2	1,47,426
33.	Coal India Ltd.(L)	241.9	1,54,808
34.	Wipro Ltd.(L)	271.9	1,71,284
35.	Bharti Airtel Ltd.(L)	364.9	1,86,050
36.	Maruti Suzuki India Ltd.(L)	6,365	1,97,621
37.	Oil & Natural Gas Corporation Ltd.(L)	161.2	2,10,216
38.	Axis Bank Ltd.(L)	806	2,11,834
39.	Bajaj Finance Ltd.(L)	3,719	2,16,364
40.	Larsen & Toubro Ltd.(L)	1,557	2,20,538
41.	ICICI Bank Ltd.(L)	436.2	2,81,317
42.	Kotak Mahindra Bank Ltd.(L)	1,518	2,85,980
43.	Infosys Ltd.(L)	718.2	3,14,801
44.	State Bank Of India(L)	370.6	3,27,800
45.	ITC Ltd.(L)	279.4	3,40,671
46.	Hindustan Unilever Ltd.(L)	1,791	3,87,976
47.	Housing Development Finance Corporation Ltd.(L)	2,279	3,93,542
48.	HDFC Bank Ltd.(L)	2,475	6,78,735
49.	Reliance Industries Ltd.(L)	1,263	8,13,304
50.	Tata Consultancy Services Ltd.(L)	2,162	8,41,510
			1,453,431

□

शेयर मार्केट क्या है?

शेयर बाजार क्या है ? मैं आपको इस लेख में शेयर बाजार की दुनिया के माध्यम से ले जाऊँगा। सबसे पहले आइए, जानें कि शेयर बाजार क्या है ? शेयर बाजार वह होता है, जहाँ शेयर की खरीद व बिक्री होती है। शेयर उस कंपनी के स्वामित्व की एक इकाई का प्रतिनिधित्व करता है, जहाँ से आपने इसे खरीदा था। उदाहरण के लिए, आपने रुपए के 10 शेयर खरीदे। ए.बी.सी. (ABC) कंपनी के 200 प्रत्येक, फिर आप ए.बी.सी. के शेयरधारक बन जाते हैं। इससे आप कभी भी ए.बी.सी. शेयर बेच सकते हैं। शेयरों में निवेश करने से आप अपने सपनों को पूरा कर सकते हैं; जैसे—उच्च शिक्षा, कार खरीदना, घर बनाना आदि। यदि आप कम उम्र में निवेश करना शुरू करते हैं और लंबे समय तक निवेशित रहते हैं तो वापसी की दर अधिक होगी। जिस समय आपको पैसे की आवश्यकता होगी, उसके आधार पर आप अपनी निवेश रणनीति की योजना बना सकते हैं।

शेयर खरीदकर आप कंपनी में पैसा लगा रहे हैं। जैसे-जैसे कंपनी बढ़ेगी, आपके शेयर की कीमत भी बढ़ेगी। आप बाजार में शेयर बेचकर लाभ प्राप्त कर सकते हैं। विभिन्न कारक हैं, जो एक शेयर की कीमत को प्रभावित करते हैं। कभी-कभी कीमत बढ़ सकती है और कभी-कभी गिर सकती है। लंबी अवधि के निवेश से कीमत में गिरावट को कम किया जा सकेगा।

आखिर कोई कंपनी इसे जनता को क्यों बेचती है ? एक कंपनी को अपने विस्तार, विकास आदि के लिए पूँजी या धन की आवश्यकता होती है

और इसी कारण से यह जनता से धन जुटाती है। जिस प्रक्रिया से कंपनी शेयर जारी करती है, उसे 'इनीशियल पब्लिक ऑफर' (IPO) कहा जाता है। हम प्राथमिक बाजार के तहत आई.पी.ओ. के बारे में अधिक पढ़ेंगे।

आपने हमेशा लोगों को तेजड़िए मार्केट और मंदड़िए बाजार के बारे में बात करते सुना होगा। वे क्या हैं? तेजड़िया या बुल मार्केट वह है, जहाँ शेयरों की कीमतें बढ़ती रहती हैं और मंदड़िए का बाजार वह होता है, जहाँ कीमतें गिरती रहती हैं। इन सभी की खरीद-बिक्री कहाँ होती है? एन.एस.ई. (नेशनल स्टॉक एक्सचेंज) और बी.एस.ई. (बॉम्बे स्टॉक एक्सचेंज)। ये भारत में दो प्रमुख स्टॉक एक्सचेंज हैं और सेबी (SEBI, सिक्योरिटीज एंड एक्सचेंज बोर्ड ऑफ इंडिया) द्वारा विनियमित हैं। स्टॉक एक्सचेंज और निवेशकों के बीच दलाल एक मध्यस्थ के रूप में कार्य करते हैं, इसलिए निवेश या व्यापार शुरू करने के लिए आपको एक ब्रोकर के साथ एक डीमैट खाता और ट्रेडिंग खाता खोलना होगा। आप एक सरल प्रक्रिया के माध्यम से आसानी से ऑनलाइन डीमैट खाता खोल सकते हैं। अपने बैंक खाते को इन खातों से जोड़ने के बाद आप अपनी निवेश यात्रा शुरू कर सकते हैं।

शेयर बाजार के दो प्रकार

शेयर बाजार को दो भागों में वर्गीकृत किया गया है—

- 1. ऑफलाइन बाजार
- 2. सेकंडरी मार्केट।

मुख्य बाजार : एक कंपनी या सरकार आई.पी.ओ. की प्रक्रिया द्वारा प्राथमिक बाजार में शेयर जारी करके धन जुटाती है।

- मुद्दा सार्वजनिक या निजी प्लेसमेंट के माध्यम से हो सकता है।
- मुद्दा सार्वजनिक है, जब शेयरों का आवंटन 200 से अधिक व्यक्तियों को किया जाता है; मुद्दा निजी है, जब आवंटन 200 से कम व्यक्तियों को किया जाता है।

- किसी शेयर की कीमत फिक्स्ड प्राइस या बुक बिल्डिंग इश्यू पर आधारित हो सकती है; जारीकर्ता द्वारा निश्चित मूल्य तय किया जाता है और प्रस्ताव दस्तावेज में उल्लिखित किया जाता है। बुक बिल्डिंग वह जगह है, जहाँ निवेशकों की माँग के आधार पर किसी मुद्दे की कीमत का पता लगाया जाता है।

द्वितीयक बाजार : प्राथमिक बाजार में खरीदे गए शेयरों को द्वितीयक बाजार में बेचा जा सकता है। द्वितीयक बाजार काउंटर (OTC) और एक्सचेंज ट्रेडेड मार्केट के माध्यम से संचालित होता है। ओ.टी.सी. बाजार अनौपचारिक बाजार हैं, जिसमें दो पक्ष भविष्य में तय किए जानेवाले विशेष लेन-देन पर सहमत होते हैं।

एक्सचेंज ट्रेडेड मार्केट अत्यधिक विनियमित होते हैं। इसके अलावा, नीलामी बाजार के रूप में कहा जाता है, जिसमें सभी लेन-देन विनिमय के माध्यम से होते हैं।

शेयर क्या है?

एक शेयर क्या है ? परिभाषा और अर्थ—एक शेयर किसी कंपनी या वित्तीय परिसंपत्ति में स्वामित्व की एकल इकाई है। यह अनिवार्य रूप से एक कंपनी के मूल्य का एक विनिमय टुकड़ा है, जो कई अलग-अलग बाजार कारकों के आधार पर ऊपर या नीचे उतार-चढ़ाव कर सकता है। कंपनियाँ पूँजी जुटाने के साधन के रूप में पूँजी को शेयरों में विभाजित करती हैं। शेयरों को स्टॉक के रूप में भी जाना जाता है। दो मुख्य प्रकार के शेयर हैं—एक कॉमन शेयर, जिसे लोग साधारण शेयर कहते हैं और दूसरा, प्रिफरेंस शेयर।

दो प्रमुख प्रकार के शेयर हैं—

1. साधारण शेयर (सामान्य स्टॉक) : जो शेयरधारक को कंपनी की कमाई में हिस्सेदारी के रूप में और जब वे होते हैं और कंपनी की वार्षिक आम बैठकों एवं अन्य आधिकारिक बैठकों में वोट करने के लिए हकदार बनाते हैं।

2. वरीयता शेयर (पसंदीदा स्टॉक) : जो शेयरधारक को एक निश्चित आवधिक आय (ब्याज) का हकदार बनाते हैं, लेकिन आमतौर पर उसे या उसके मतदान के अधिकार नहीं देते हैं।

बाजार पूँजीकरण की परिभाषा

परिभाषा : बाजार पूँजीकरण कंपनी के मौजूदा शेयर मूल्य और बकाया शेयरों की कुल संख्या के आधार पर कुल मूल्यांकन है। इसकी गणना कंपनी के कुल बकाया शेयरों के साथ कंपनी के शेयर के वर्तमान बाजार मूल्य को गुणा करके की जाती है।

विवरण : बाजार पूँजीकरण सबसे महत्त्वपूर्ण विशेषताओं में से एक है, जो निवेशक को शेयर में रिटर्न और जोखिम का निर्धारण करने में मदद करता है। यह उन निवेशकों को भी स्टॉक चुनने में मदद करता है, जो उनके जोखिम और विविधीकरण की कसौटी पर खरे उतरते हैं। उदाहरण के लिए, एक कंपनी के पास 2 करोड़ बकाया शेयर हैं और प्रत्येक शेयर की वर्तमान बाजार कीमत 100 रुपए है। इस कंपनी का बाजार पूँजीकरण 2,00,00,000×100=200 करोड़ रुपए होगा। कंपनियों के शेयर तीन प्रकार के होते हैं—

लार्ज कैप (Large Cap) 10,000 करोड़ रुपए या उससे अधिक के मार्केट कैपवाले शेयर स्टॉक हैं।

मिड कैप (Mid Cap) 2 करोड़ से 10 करोड़ के बीच मार्केट कैपवाले कंपनी के शेयर हैं।

स्मॉल कैप (Small Cap) स्टॉक और 2 करोड़ रुपए से कम के मार्केट कैप स्टॉक हैं।

प्रति शेयर आय (EPS) की परिभाषा

परिभाषा : प्रति शेयर आय या ई.पी.एस. एक महत्त्वपूर्ण वित्तीय उपाय है, जो किसी कंपनी की लाभप्रदता को इंगित करता है। इसकी गणना कंपनी की शुद्ध आय को उसके कुल बकाया शेयरों के साथ विभाजित करके की

जाती है। यह एक ऐसा उपकरण है, जो बाजार प्रतिभागी अपने शेयरों को खरीदने से पहले किसी कंपनी की लाभप्रदता का आकलन करने के लिए अकसर उपयोग करते हैं।

2. प्रति शेयर आयभारित (कर के बाद शुद्ध आय-कुल विवरण) : ई.पी.एस. कंपनी के लाभ का हिस्सा है, जो स्टॉक के प्रत्येक व्यक्तिगत हिस्से को आवंटित किया जाता है। यह एक शब्द है, जो निवेशकों और व्यापार करनेवाले लोगों के लिए बहुत अधिक महत्व रखता है। शेयर बाजार में किसी कंपनी की प्रति शेयर आय जितनी अधिक होती है, उतना ही उसका लाभ होता है। ई.पी.एस. की गणना करते समय भारित अनुपात का उपयोग करना उचित होता है, क्योंकि बकाया शेयरों की संख्या समय के साथ बदल सकती है। प्रति शेयर आय की गणना दो तरीकों से की जा सकती है—

1. प्रति शेयर आय : कर/बकाया शेयरों के लाभांश की कुल संख्या के बाद शुद्ध आय)/बकाया शेयरों की कुल संख्या अनुपात के एक अधिक महीन संस्करण में परिवर्तनीय शेयरों के साथ-साथ बकाया शेयरों के तहत वारंट भी शामिल है। इसे प्रति शेयर अनुपात में मूल कमाई का अधिक विस्तारित संस्करण माना जाता है।

एक निवेशक के लिए, जो मुख्य रूप से आय के एक स्थिर स्रोत में रुचि रखता है, ई.पी.एस. अनुपात उसे/उसके कमरे को बता सकता है, जो एक कंपनी ने अपने लाभांश को बढ़ाने के लिए किया है; हालाँकि ई.पी.एस. निवेशकों के लिए बहुत महत्त्वपूर्ण उपकरण है, इसे अन्यथा नहीं देखा जाना चाहिए। एक कंपनी के ई.पी.एस. को हमेशा अन्य कंपनियों के संबंध में माना जाना चाहिए, अधिक सूचित और विवेकपूर्ण निवेश निर्णय लेना चाहिए।

□

मूल्य से लेकर आय अनुपात
(Price to Earnings Ratio)

आय अनुपात (पी.ई. अनुपात) के लिए मूल्य प्रति शेयर फर्म द्वारा अर्जित वार्षिक शुद्ध आय के सापेक्ष शेयर की कीमत का माप है। पी.ई. अनुपात कंपनी के शेयर के लिए वर्तमान निवेशक की माँग को दरशाता है। उच्च पी.ई. अनुपात आमतौर पर बढ़ी हुई माँग को इंगित करता है, क्योंकि निवेशक भविष्य में आय में वृद्धि की आशंका करते हैं। पी.ई. अनुपात में वर्षों की इकाइयाँ होती हैं, जिनकी खरीद मूल्य का भुगतान करने के लिए कमाई के वर्षों की संख्या के रूप में व्याख्या की जा सकती है।

पी.ई. अनुपात को अकसर 'एकाधिक' के रूप में संदर्भित किया जाता है; क्योंकि यह दरशाता है कि एक निवेशक कमाई के एक रुपए के लिए कितना भुगतान करने के लिए तैयार है। पी.ई. अनुपात को कभी-कभी अगले वर्ष की कमाई के अनुमानों का उपयोग करके गणना की जाती है। जब ऐसा होता है तो यह आमतौर पर नोट किया जाता है।

सूत्र : मूल्य प्रति आय अनुपात = मूल्य/प्रति शेयर आय (ई.पी.एस.)

$$\text{पी.ई. अनुपात} = \frac{\text{प्रति शेयर कमाई}}{\text{मूल्य प्रति शेयर}}$$

आपके व्यवसाय के मूल्य का मूल्यांकन करने के लिए बुक वैल्यू गणना

अपने व्यवसाय को चलाने के लिए आप संभावित रूप से उपकरण, आपके भवन, एक कंपनी की कार, इन्वेंट्री एवं नकदी जैसी संपत्ति पर भरोसा करते हैं और यदि आप अपनी पुस्तकों को बनाए रखना चाहते हैं तो वित्तीय विवरण बनाएँ और अपनी संपत्ति के सैद्धांतिक मूल्य का निर्धारण करें। आपको बुक मूल्य की गणना करने की आवश्यकता है।

बुक वैल्यू क्या है?

बुक वैल्यू, जिसे वैल्यू या नेट बुक वैल्यू भी कहा जाता है, एक परिसंपत्ति की मूल लागत का मूल्य ह्रास है। किसी परिसंपत्ति की मूल लागत वस्तु के टिकट मूल्य से आगे बढ़ जाती है—मूल लागत में एक संपत्ति का खरीद मूल्य और इसे स्थापित करने की लागत (जैसे—परिवहन और स्थापना) शामिल होती है। मूल्य ह्रास सामान्य पहनने और आसूँ के कारण परिसंपत्ति के मूल्य में कमी है।

आप अमूर्त संपत्ति (मूल्य के गैर-भौतिक आइटम) और देनदारियों को कुल संपत्ति से घटाकर किसी कंपनी की बुक वैल्यू भी पा सकते हैं। आपके छोटे व्यवसाय की बुक वैल्यू की गणना करने से पता चलता है कि आपकी कंपनी कितनी संपत्ति के लायक होगी, यदि आप अपनी परिसंपत्तियों को नष्ट करना चाहते हैं। किसी परिसंपत्ति की बुक वैल्यू उसका सैद्धांतिक मूल्य है, न कि वह राशि, जो वर्तमान बाजार में बेची जाएगी। यदि आप जानना चाहते हैं कि कोई परिसंपत्ति कितनी बिकेगी, तो आपको उसके उचित बाजार मूल्य की गणना करनी चाहिए। बुक वैल्यू किसी संपत्ति के उचित बाजार मूल्य से उच्च, निम्न या समान हो सकती है।

आमतौर पर आप अपनी अमूर्त संपत्ति, जैसे बौद्धिक संपदा और आपके व्यवसाय की प्रतिष्ठा की पूर्ण बुक वैल्यू नहीं पा सकते हैं। अपनी मूर्त संपत्ति की कीमत का पता लगाने के लिए बुक वैल्यू का उपयोग करें।

बुक वैल्यू (Book Value) की गणना का उद्देश्य

आपको अपनी संपत्ति या छोटे व्यवसाय की बुक वैल्यू की गणना क्यों करनी चाहिए?

यदि आप बाहर के वित्त-पोषण की माँग कर रहे हैं तो आपको अपनी संपत्ति और व्यवसाय की वैल्यू की गणना करने की आवश्यकता हो सकती है। निवेशकों और उधारदाताओं को आपकी संपत्ति का मूल्य जानने से पहले उन्हें निवेश करने या उधार देने की आवश्यकता होती है।

शेयरधारक यह भी जानना चाह सकते हैं कि यदि आप किसी परिसंपत्ति या अपनी सभी परिसंपत्तियों को नष्ट करना चाहते हैं तो उन्हें कितना प्राप्त होगा? यदि आप अपना व्यवसाय एक निगम के रूप में बनाते हैं तो आपको अपने शेयरधारकों के लिए बुक वैल्यू खोजने की आवश्यकता हो सकती है।

आप उस परिसंपत्ति की बुक वैल्यू भी पा सकते हैं, जिसे आप बेचना चाहते हैं। किसी संपत्ति के उचित बाजार मूल्य का निर्धारण करने के लिए आपको इसकी मूल लागत जानने और इसके बुक वैल्यू पर विचार करने की आवश्यकता है।

किसी अन्य कारण से आप किसी परिसंपत्ति की बुक वैल्यू को ढूँढ़ना चाहते हैं, तो इसकी तुलना उसके उचित बाजार मूल्य से कर सकते हैं। बुक वैल्यू बनाम मार्केट वैल्यू की तुलना करके आप यह निर्धारित कर सकते हैं कि क्या कोई एसेट खत्म हो गया है या बाजार पर नजर रखी जा रही है।

बुक वैल्यू की गणना कैसे करें?

आप बुक वैल्यू की गणना कैसे करते हैं?

आपके द्वारा उपयोग किया जानेवाला सूत्र इस बात पर निर्भर करता है कि आप किसी परिसंपत्ति के वहन मूल्य को खोजने की कोशिश कर रहे हैं या अपने छोटे व्यवसाय बुक वैल्यू को?

उदाहरण—

सबसे पहले हमें शेयरधारकों की इक्विटी का पता लगाने की आवश्यकता है, जो कुल परिसंपत्तियों और देयताओं (उधार+अन्य देनदारियों) का अंतर है, जो 36,16,433.00 है—(30,91,257.62 + 3,19,701.42) = 2,09,473.96

मूल्य-निर्धारण और व्यक्तिगत रूप से भी जब आप रियल एस्टेट में निवेश करते हैं तो आपको संपत्ति मूल्य में मूल्य प्रशंसा मिलेगी और आपको किराए की आय भी मिलेगी, जो वार्षिक आधार पर होगी।

प्रशंसा क्या है?

प्रशंसा, सामान्य शब्दों में, समय के साथ शेयर के मूल्य में वृद्धि है। वृद्धि कई कारणों से हो सकती है, जिसमें वृद्धि की माँग व आपूर्ति को कमजोर करना शामिल है। इस स्थिति में शेयर की कीमत में वृद्धि या सराहना होगी।

शेयर बाजार में आपको शेयर की कीमत की वृद्धि या सराहना मिलेगी और आपको समय-समय पर लाभांश भी मिलेगा।

लाभांश क्या है?

एक लाभांश मुनाफे का हिस्सा है और एक कंपनी द्वारा अपने शेयरधारकों को भुगतान की गई कमाई को बरकरार रखा जाता है। जब कोई कंपनी लाभ कमाती है और बरकरार रखी गई कमाई को जमा करती है तो उस आय को व्यापार में पुनर्निवेश किया जा सकता है या शेयरधारकों को लाभांश के रूप में भुगतान किया जा सकता है। शेयर की कीमत से विभाजित प्रति शेयर वार्षिक लाभांश उपज है।

लाभांश कैसे काम करता है?

एक लाभांश का मूल्य प्रति शेयर के आधार पर निर्धारित किया जाता है और एक ही वर्ग (सामान्य, पसंदीदा आदि) के सभी शेयरधारकों के लिए समान रूप से भुगतान किया जाता है। भुगतान निदेशक मंडल द्वारा अनुमोदित

किया जाना चाहिए। जब एक लाभांश घोषित किया जाता है तो उसे एक निश्चित तिथि पर भुगतान किया जाएगा, जिसे देय तिथि के रूप में जाना जाता है।

यह कैसे काम करता है—

1. कंपनी मुनाफा कमाती है और कमाई बरकरार रखती है।
2. प्रबंधन टीम तय करती है कि कुछ अतिरिक्त मुनाफे का भुगतान अंशधारकों को किया जाना चाहिए (इसके बजाय पुनर्निवेश किया जा रहा है)।
3. बोर्ड नियोजित लाभांश को मंजूरी देता है।
4. कंपनी विभाजित (मूल्य प्रति शेयर, यह भुगतान किया जाएगा तारीख, रिकॉर्ड तिथि आदि) की घोषणा करती है।
5. शेयरधारकों को लाभांश का भुगतान किया जाता है।

आपका मॉडल आपको बेचने का निर्णय लेने में कैसे मदद करता है?

आमतौर पर हम उस चीज को बेचते हैं, जिसे हम उत्पाद कहते हैं। यह कई तरह से सामने आ सकता है। हम ऐसे शेयरों को देखते हैं, जो बहुत अच्छा कर चुके हैं और आमतौर पर तब इनमें प्रवेश करते हैं, जब वे अच्छी तरह से अलग-अलग अनुसंधान विश्लेषकों द्वारा कवर नहीं किए जाते हैं, या मीडिया में बहुत अधिक कवरेज प्राप्त करते हैं। वे एक तरह से एहसान से बाहर हैं, भले ही वे 52 सप्ताह के उच्च स्तर पर हैं; लेकिन कई बार जब हम कुछ वर्षों के बाद इन पदों पर होते हैं तो पाते हैं कि अति-स्वामित्व की भावना है। बहुत सारे लोग इन शेयरों में आ गए हैं। पत्रिका कवर पर सी.ई.ओ. आ रहे हैं।

एक दिन में एक साक्षात्कार होता है। वे नियमित रूप से सी.एन.बी.सी. या अन्य चैनलों पर हैं। हम कहते हैं कि पत्रिका कवर सिंड्रोम, जब पूरे उत्साह का एक गुच्छा होता है तो हम अपने पदों को रोशन करना शुरू कर

देते हैं; क्योंकि हमें लगता है कि बहुत कुछ उस बिंदु पर कीमत में बनाया गया है। इसी तरह, यदि आप बेचने के पक्ष से बहुत सारे अनुसंधान कवरेज को देखते हैं तो हम सोचते हैं कि बहुत सारे—यदि संख्या इतनी अच्छी तरह से ज्ञात है तो यह कीमत में है। अपने मॉडल के आधार पर हमें अपना आकलन दें कि बाजार अभी कहाँ रखा गया है। हम इतने प्रक्रिया-संचालित हैं कि जरूरी नहीं कि हम बाजार के बारे में पहले से तय हों। यह अंततः एक बॉटम-अप स्टॉक पिकर गेम है। यह सही कीमत पर महान् व्यवसाय खोजने के बारे में है। यही इसका सार है, जो नहीं बदलता है। यह विधि आपको उस मल्टी-बैगर को प्राप्त करने में मदद करती है।

ऐसा करने का उद्देश्य उन विजेताओं, उन 7X, 8X, 10X को तीन, चार, पाँच साल या उससे अधिक समय में ढूँढ़ना है तो बाजार की दिशा इसका एक तत्त्व है। मैं कहूँगा कि कुछ ऐसा है, जिस पर हम सबसे कम ध्यान केंद्रित करते हैं—बहुत ईमानदार होने के लिए।

एक निवेशक के रूप में आप जनसांख्यिकी कैसे निभाते हैं?

भारत में जनसांख्यिकी की शक्ति इतनी बड़ी है; इतनी बड़ी आबादी है। यदि आप इस बुल बाजार के मूल सिद्धांतों को देखते हैं तो वे किस आधार पर हैं—भोजन, कपड़े, आश्रय, वित्तीय सेवाएँ, बहुत सरल चीजें। इस संबंध में हम एक बहुत ही सरल बाजार हैं। इसके बारे में इतना जटिल कुछ भी नहीं है। वस्तुओं एवं सेवाओं के लिए एक बुनियादी चाह और आवश्यकता है। जैसे-जैसे प्रति व्यक्ति आगे बढ़ता है, जैसा कि हम अगले एक दशक में दोगुना हो जाते हैं, वैसे ही जनसांख्यिकी में बदलाव आएगा। लोग ज्यादा-से-ज्यादा चाहेंगे।

हर कोई अधिक-से-अधिक और बेहतर चाहता है—सेवाओं की बेहतर गुणवत्ता, बेहतर घर, बेहतर भोजन, अधिक पोषण, सरल चीजें। हम वास्तव में इसे सरल रखने में विश्वास करते हैं। एक निवेशक के रूप में बहुत सारे अवसर होने जा रहे हैं। इन दिनों हर महीने एक मौका है। डी-मार्ट को देखें।

यह पूँजी बाजार में मौजूद नहीं था और अब, यह क्या प्रदान करता है? सबसे कुशल तरीके से एक बहुत ही प्रतिस्पर्धी लागत पर एक सरलता सेवा संभव है; एक बहुत ही स्केलेबल, अच्छी तरह से निष्पादित व्यवसाय मॉडल और अचानक से आपके पास लगभग 60,000 करोड़ रुपए का मार्केट कैप कुछ सरल से बनाया गया है। इस तरह की और भी कई कहानियाँ हो सकती हैं। हमें सिर्फ उन लोगों के लिए खुला रहना होगा। व्यवसायों में एक खंदक होता है, लेकिन प्रौद्योगिकी के कारण ये मोट्स (Mots) आसानी से नष्ट हो सकते हैं। क्या आप सहमत हैं?

बेशक, प्रौद्योगिकी Mots को भंग कर सकती है। इसके बारे में कोई संदेह नहीं है; लेकिन जहाँ तक तकनीक और भारत का संबंध है, हम एक एडॉप्टर हैं। हम इस बिंदु पर एक उपयोगकर्ता हैं। उद्यमी और कंपनियाँ बहुत ही तकनीकी एडॉप्टर-उन्मुख, बहुत प्रक्रिया-चालित लगती हैं, जो दक्षता को सरल बना देती हैं—सरल प्रक्रिया प्रदान करती हैं और प्रक्रियाओं को सुधारती हैं तथा उपभोक्ता को बहुत ही सरल और बेहतर तरीके से वितरित करती हैं। मुझे नहीं लगता कि विघटनकारी होने के मामले में हम वहाँ हैं। भारतीय बाजार इस बिंदु पर बहुत सरल है।

वृद्धि और गैर-चक्रीयता का संयोजन

शेयर बाजार में मूल्य बनानेवाला एक प्रमुख कारक आर्थिक और बाजार चक्रों में निरंतर वृद्धि है, जबकि बाजार मूल्यों में वृद्धि करता है। यह विकास में स्थिरता पर और भी अधिक प्रीमियम रखता है। अधिकांश मल्टी-बैगर्स (Multi Baggers) गैर-चक्रीय व्यवसायों में आमतौर पर उच्च विकास कंपनियाँ हैं। स्टील, एल्युमीनियम, यहाँ तक कि तेल जैसे विशिष्ट कमोडिटी व्यवसाय में मल्टी-बैगर मिलना बेहद दुर्लभ है। आर्थिक चक्र इन कंपनियों के अधिकांश धन का प्रसार करते हैं। एक स्टैड यूटिलिटी कंपनी के लिए एक मल्टी-बैगर बनना कठिन भी है, क्योंकि यह बहुत ही सीमित माहौल में काम करता है।

पूँजी का कुशल उपयोग

शेयरधारक रिटर्न से संपर्क करने के विभिन्न तरीके हैं; जबकि पूँजी उपयोग के कई उपाय हैं, जिनमें से दो मुख्य उपाय पूँजी नियोजित (ROCE) और रिटर्न ऑन इक्विटी (ROE) हैं। आर.ओ.सी.ई. (ROCE) सभी हितधारकों के लिए समग्र रिटर्न को मापता है और कंपनी की समग्र दक्षता का अपेक्षाकृत अच्छा उपाय है। लगातार कम आर.ओ.सी.ई. (ROCE) यह दरशाता है कि व्यापार या कंपनी के साथ कुछ गड़बड़ है। आर.ओ.ई. (ROE) शेयरधारकों की वापसी का एक उपाय है और निवेशकों के लिए एक बहुत महत्त्वपूर्ण पैरामीटर है। कुछ बेहतरीन धन रचनाकारों के पास उद्योग के बाकी हिस्सों के सापेक्ष बहुत अधिक आर.ओ.ई. और आर.ओ.सी.ई. है। आमतौर पर उच्च आर.ओ.सी.ई. और आर.ओ.ई. के साथ कंपनियाँ भी लगातार सकारात्मक नकदी प्रवाह पैदा कर रही हैं, जिसके लिए बाजार प्रीमियम का भुगतान करने के लिए तैयार हैं।

जब हम पिछले कुछ दशकों में बाजारों को देखते हैं तो भारतीय बाजारों में मल्टी-बैगर्स के स्कोर आए हैं। यहाँ तक कि अगर हम वर्ष 2009 में वैश्विक वित्तीय संकट को बहुत कम समय के लिए मानते हैं तो ऐसे कई उदाहरण सामने आए हैं, जिनमें छोटे और मिड कैप शेयरों ने लार्ज कैप स्टॉक बनने के रास्ते में कई गुना अधिक संपत्ति अर्जित की है। यह हमें इस बात के मूल प्रश्न पर लाता है कि मल्टी-बैगर स्टॉक कैसे चुनें? यहाँ एक बहुत ही दिलचस्प 5-बिंदु मॉडल पर एक नजर डालें!

कम ऋण और एक परिसंपत्ति-प्रकाश व्यवसाय मॉडल धन की कुंजी है

धातु, बुनियादी ढाँचे और उपयोगिताओं जैसे क्षेत्रों से मल्टी-बैगर्स को ढूँढ़ना मुश्किल हो जाता है। इसका एक कारण यह है कि पूँजी गहन व्यापार मॉडल के कारण बहुत अधिक लाभ और कम रिटर्न अनुपात की ओर जाता है। उच्च लाभ उठाने से आर्थिक डाउन साइकल में दिवाला जोखिम बढ़

जाता है; लेकिन जब ऋण कम होता है तो वित्तीय जोखिम का पूरा मुद्दा दूर हो जाता है। यह शून्य-ऋण कंपनी होने के लिए आवश्यक नहीं है, क्योंकि उत्तोलन की कुछ राशि वास्तव में शेयरधारकों के रिटर्न में सुधार कर सकती है। दूसरी ओर, बहुत अधिक उत्तोलन वास्तव में शेयरधारकों के मूल्य को नष्ट कर सकते हैं।

कॉरपोरेट प्रशासन के उच्च मानक

बाजार कॉरपोरेट प्रशासन पर बहुत जोर देते हैं और इसके लिए प्रीमियम का भुगतान करने को तैयार हैं। अच्छे कॉरपोरेट प्रशासन वाली कंपनियों के कुछ प्रमुख लक्षण हैं—

- अल्पसंख्यक शेयरधारकों के साथ प्रबंधन हित का सं रेखण।
- शेयरधारक से संबंधित जानकारी के प्रकटीकरण के बहुत उच्च मानक। वास्तव में, नारायण मूर्ति ने अपने प्रसिद्ध शब्दों के साथ, 'जब संदेह में हों तो बस खुलासा करें', इस भावना को सबसे अच्छा कहा।

एक अच्छी कंपनी हमेशा खरीदने के लिए एक महान् स्टॉक नहीं हो सकती है।

त्रुटिहीन वंशावली वाली एक महान् कंपनी हमेशा खरीदने के लिए एक अच्छा स्टॉक नहीं हो सकती है। यह इस तथ्य के कारण हो सकता है कि अधिकांश ट्रिगर्स पहले से ही वैल्यू में हैं और भविष्य की विकास क्षमता मूल्यांकन को सही नहीं ठहराती है। खूँटी अनुपात (जो कि स्थायी विकास से विभाजित पी.ई. अनुपात है) विकास के सापेक्ष मूल्यांकन को मापने का एक सरल तरीका है, हालाँकि किसी को अन्य मापदंडों—जैसे कि रिटर्न रेशियो और ब्रांडों—पर भी विचार करने की आवश्यकता है, जो कंपनी ने बनाए हैं, जो संभावित मूल्यांकन का निर्धारण करने में लंबा रास्ता तय कर सकते हैं। हालाँकि इस बात की कोई गारंटी नहीं है कि उपर्युक्त पैरामीटर हमेशा निवेशकों को मल्टी-बैगर्स की पहचान करने में मदद करेंगे; लेकिन

वे निश्चित रूप से निवेशकों को उन कंपनियों से बचने में मदद करने में एक लंबा रास्ता तय करेंगे, जो अंत में 'मूल्य-विध्वंसक' हो सकते हैं।

	Company Name	Stock Price 10 Years Back	Current Stock Price	10 Years Change in Price	CAGR Return	P/E Ratio 10 Years Back	P/E Ratio Now
1.	Eicher Motors Ltd.	250	16,232	6,383%	52 %	3	53
2.	Lupin Ltd.	77	1,812	2,267%	37%	33	39
3.	Aurobindo Pharma Ltd.	40	825	1,981%	35%	19	29
4.	IndusInd Bank Ltd.	57	940	1,558	32%	9	28
5.	Asian Paints Ltd.	54	844	1,462%	32%	30	52
6.	Divis Laboratories Ltd.	75	1,137	1,425%	31%	29	35
7.	Kotak Mahindra Bank Ltd.	54	687	1,162%	29%	39	41
8.	LIC Housing Finance Ltd.	41	484	1,091%	28%	12	18
9.	Titan Company Ltd.	34	378	1,011%	27%	138	41
10.	Sun Pharmaceutical Ind. Ltd.	69	730	964%	27%	32	45
11.	Godrej Consumer Products Ltd.	120	1,251	946%	26%	25	42
12.	Dabur India Ltd.	29	279	865%	25%	32	42

□

लक्ष्य निर्धारण

शेयर बाजार से लक्ष्य निर्धारण

लक्ष्य पर बहुत सारी पुस्तकें उपलब्ध हैं और बहुत सारे शोध उपलब्ध हैं। हमें आपको लक्ष्यों पर कुछ मार्गदर्शन देना होगा, क्योंकि यह जीवन का सबसे महत्त्वपूर्ण पहलू है। हम लक्ष्यों के बारे में कुछ महत्त्वपूर्ण बिंदुओं पर चर्चा करेंगे, ताकि आप बाजार में प्रवेश करते समय लक्ष्यों को आसानी से समझ सकें।

लक्ष्यों का लाभ

लक्ष्य गंतव्य वे चीजें हैं, जो आपके लिए महत्त्वपूर्ण हैं। उनके लिए एक और शब्द महत्त्वाकांक्षाओं का होगा; लेकिन महत्त्वाकांक्षाएँ कुछ ऐसी आवाज करती हैं, जो आपकी समझ से बाहर होती हैं, जबकि लक्ष्य गंतव्य निश्चित रूप से प्राप्त करने योग्य होते हैं। यदि आप उनके लिए काम करने के प्रयास में हैं तो आप वास्तव में अपने जीवन के साथ क्या करना चाहते हैं? मुख्य बातें क्या हैं, जिन्हें आप अपने जीवन के साथ पूरा करना चाहेंगे? यह क्या है कि आप वास्तव में पछतावा नहीं करेंगे, अगर आपने अचानक पाया कि आपके पास पृथ्वी पर सीमित समय बचा है? इनमें से प्रत्येक चीज एक लक्ष्य है। प्रत्येक लक्ष्य गंतव्य को एक वाक्य में परिभाषित करें। यदि इनमें से कोई भी लक्ष्य किसी अन्य लक्ष्य के लिए एक कदम है तो इसे इस सूची से हटा दें, क्योंकि यह एक लक्ष्य गंतव्य नहीं है।

जो महत्त्वपूर्ण है, उस पर ध्यान केंद्रित करें।

- क्लियर फोकस।
- उचित रूप से सोचा और कहा गया। लक्ष्य स्पष्ट रूप से आपके इरादों और इच्छाओं को निर्धारित करते हैं; वे चीजें, जो आप वास्तव में हासिल करना चाहते हैं।

संसाधनों का अधिकतम उपयोग

वहाँ सबकुछ करने के लिए पर्याप्त संसाधन नहीं हैं, इसलिए लक्ष्य निर्धारित करना आपको प्राथमिकता देने में मदद कर सकता है। अपने संसाधनों को उसके पीछे रखें, जो आप वास्तव में करना चाहते हैं, बजाय इसके कि आप डिफॉल्ट रूप से या विक्षेपण द्वारा कर रहे हैं।

समय का प्रभावी उपयोग

बेशक, समय एक संसाधन है, लेकिन यह विशेष विचार के योग्य है, क्योंकि यह बहुत महत्त्वपूर्ण है, जैसा कि पीटर ड्रैकर कहते हैं—

"यदि आप सुधारना चाहते हैं कि आप समय का प्रबंधन कैसे करते हैं तो ऐसा करना बंद कर दें, जो करने की आवश्यकता नहीं है।"

मन की शांति

बहुत बार आप अपने दिमाग में कई चीजें रख सकते हैं। अपने लक्ष्यों को लिखना आपको उन सभी विचारों को लेने में मदद कर सकता है, परिप्रेक्ष्य और प्राथमिकता को लागू कर सकता है, फिर आपको प्रतिबद्धता और कारवाई में बदल सकता है।

निर्णय लेने में स्पष्टता

यह जानने के बाद कि आप क्या करने की कोशिश कर रहे हैं, इसका मतलब है कि आप अब पूछ सकते हैं, "क्या यह गतिविधि मुझे मेरे लक्ष्य के करीब ले जाती है?"

आप क्या करते हैं कि आसान माप

लक्ष्य-निर्धारण, विशेष रूप से स्मार्ट और सॉफ्ट लक्ष्य, आपको यह मापने की अनुमति देता है कि आप उन्हें प्राप्त करने की दिशा में कितने प्रभावी ढंग से आगे बढ़ रहे हैं!

दूसरों के साथ आसान संचार

लक्ष्य निर्धारित करना आपको अन्य लोगों के साथ स्पष्ट करने में सक्षम बनाता है कि आप क्या करने की कोशिश कर रहे हैं; और इसलिए उन्हें योगदान या समर्थन करने के लिए क्या करने की आवश्यकता है?

- लक्ष्य-निर्धारण से आपको क्या लाभ होगा, इसके बारे में सोचने के लिए अभी कुछ समय लें। वे आपको उन्हें हासिल करने के लिए कैसे प्रेरित कर सकते हैं?

आपको आपके भविष्य का नियंत्रण देता है

बेहतर भविष्य के लिए हमें जो पहला बदलाव करना होगा, वह है हमारी धारणा। धारणा क्यों? क्योंकि हमारी धारणा ही हमारी वास्तविकता है।

उदाहरण के लिए, यदि मैं अपने रिश्ते को अपने साथी की भावनाओं की परवाह किए बिना टूटा हुआ मानता हूँ तो यह मेरी वास्तविकता है। मेरे विचार और भावनाएँ मुझे इस तरह कार्य करने के लिए प्रेरित करेंगे, जैसे कि रिश्ता टूट गया हो। यह मानते हुए कि रिश्ता टूटा नहीं है, मुझे रिश्ते के बारे में अपनी धारणा बदलने की जरूरत है, ताकि रिश्ते के बारे में अपने विचारों और कार्यों को बदल सकूँ।

जब मैं अपनी धारणा को बदलता हूँ तो देखता हूँ कि मैं कैसे सोचता हूँ और महसूस करता हूँ। मेरी भावनाएँ और मेरे कार्य मेरे नियंत्रण में हैं। जब मैं मानता हूँ कि मेरा खुद पर नियंत्रण है और मैं स्वस्थ बदलाव करता हूँ तो मेरी चिंता कम हो जाती है, क्योंकि मैं अब अपने जीवन के नियंत्रण में हूँ, नियंत्रण से बाहर नहीं।

जीवन के इस नए परिप्रेक्ष्य में मैं दुनिया को उस मूल आश्चर्य से

देखना शुरू करता हूँ, जिसमें मैं दुनिया को देखता था। मैं खूबसूरती के साथ एक दुनिया देखता हूँ। सबसे बड़ा बदलाव यह है कि अब मैं दुनिया के सकारात्मक पहलुओं को एक नजरिए से देखने के बजाय ज्यादा देख रहा हूँ, यह मुझे प्रेरणा प्रदान करता है…।

अर्थ–

प्रेरणा एक महत्त्वपूर्ण कारक है, जो व्यक्तियों को अपना सर्वश्रेष्ठ प्रदर्शन देने और उद्यम लक्ष्यों तक पहुंचने में मदद करने के लिए प्रोत्साहित करता है। एक मजबूत सकारात्मक प्रेरणा कर्मचारियों के बढ़ते उत्पादन को सक्षम करेगी; लेकिन एक नकारात्मक प्रेरणा उनके प्रदर्शन को कम कर देगी। कार्मिक प्रबंधन में एक प्रमुख तत्त्व प्रेरणा है।

लिकर्ट के अनुसार, "यह प्रबंधन का मूल है, जो दरशाता है कि प्रत्येक मनुष्य उसे आमने-सामने के समूहों में एक मूल्य देता है, जो उसके लिए सबसे महत्त्वपूर्ण है। पर्यवेक्षक को गरिमा और मान्यता के साथ व्यक्तियों का इलाज करने का प्रयास करना चाहिए—उनका व्यक्तिगत मूल्य।"

1. प्रेरणा एक आंतरिक भावना है, जो किसी व्यक्ति को अधिक काम करने के लिए उत्साहित करती है। किसी व्यक्ति की भावनाएँ या इच्छाएँ उसे किसी विशेष कार्य को करने के लिए प्रेरित करती हैं। एक व्यक्ति की असंतुष्ट आवश्यकताएँ होती हैं, जो उसके संतुलन को बिगाड़ती हैं। एक व्यक्ति अपनी ऊर्जाओं की कंडीशनिंग करके अपनी असंतुष्ट आवश्यकताओं को पूरा करने के लिए आगे बढ़ता है। एक व्यक्ति में निष्क्रिय ऊर्जाएँ होती हैं, जो क्रियाओं में चैनल द्वारा सक्रिय होती हैं।
2. आंतरिक और बाह्य कारक, जो लोगों में इच्छा और ऊर्जा को प्रोत्साहित करते हैं, लगातार रुचि रखते हैं और नौकरी, भूमिका या विषय के लिए प्रतिबद्ध हैं या एक लक्ष्य प्राप्त करने का प्रयास करते हैं।

3. प्रेरणा (1) इच्छा या आवश्यकता की तीव्रता, (2) लक्ष्य के प्रोत्साहन या पुरस्कार मूल्य, (3) व्यक्ति और उसके या उसके साथियों की अपेक्षाओं, जैसे चेतन और अचेतन दोनों कारकों की बातचीत से परिणाम होता है। ये कारक एक निश्चित व्यवहार करने के कारण हैं। एक उदाहरण—एक छात्र है, जो एक परीक्षण के लिए अतिरिक्त समय बिताता है, क्योंकि वह कक्षा में एक बेहतर ग्रेड चाहता है।

आपको व्यक्तिगत संतुष्टि की भावना देता है।

लक्ष्य आपके जीवन को अधिक चुनौतीपूर्ण बनाते हैं, लेकिन साथ ही वे आपको व्यक्तिगत संतुष्टि की भावना भी देते हैं। अपने व्यक्तिगत लक्ष्यों को स्थापित करना और उन तक पहुँचना आपको अपनी क्षमताओं की सराहना करने में मदद करता है और आपको अपनी पूरी क्षमता का अंदाजा देता है।

आपको जीवन में उद्देश्य की भावना देता है।

- वर्षों से अधिक समय तक काम करने के बाद मुझे विश्वास है कि हम में से प्रत्येक एक अद्वितीय जीवन उद्देश्य के साथ पैदा हुआ है। इस उद्देश्य को पहचानना, स्वीकार करना और सम्मानित करना शायद सबसे महत्त्वपूर्ण कार्य है, जो सफल लोग करते हैं। वे यह समझने के लिए समय लेते हैं कि वे यहाँ क्या कर रहे हैं और फिर वे जोश एवं उत्साह के साथ आगे बढ़ते हैं।
- हममें से कुछ लोगों के लिए जीवन में हमारा उद्देश्य और जुनून स्पष्ट है। हम प्रतिभाओं के एक समूह के साथ पैदा हुए हैं और लगातार अभ्यास के माध्यम से हम अपनी प्रतिभा को कौशल में विकसित करते हैं।

लक्ष्य अविश्वसनीय चीजें हैं। वे हमारे जीवन को दिशा और अर्थ देते हैं। लक्ष्य हमें जीने की वजह देते हैं और जब आप अपने लक्ष्यों को प्राप्त करते हैं तो आपको जीने के अन्य कारण मिलते हैं और एक बेहतर जीवन की खोज चलती है।

लक्ष्य-निर्धारण के क्या लाभ हैं? खैर, शायद आप ऐसे व्यक्ति हैं, जो पहले से ही अपनी स्थिति का सावधानीपूर्वक विश्लेषण करते हैं, अपने लक्ष्यों को निर्धारित करते हैं और फिर उन्हें प्राप्त करने के साथ आगे बढ़ते हैं।

शायद आप इस बात से सहमत हैं कि लक्ष्य-निर्धारण एक उपयोगी धारणा है; लेकिन ऐसा करने के लिए कभी भी आसपास नहीं जाना चाहिए। शायद अभी भी बदतर है, आप सिर्फ यह नहीं देखते हैं कि लक्ष्यों को निर्धारित करने के लिए समय और प्रयास लेने में कोई लाभ होना चाहिए। क्यों परेशान हैं? हमें लगता है कि लक्ष्य निर्धारित करने के लिए खुद को प्रेरित करने का एक तरीका यह है कि इस गतिविधि से आपको होनेवाले लाभों के बारे में अधिक बारीकी से सोचना चाहिए। यहाँ आपको शुरू करने के लिए हम लक्ष्य-निर्धारण के आठ लाभों का सुझाव देते हैं। उम्मीद है कि वे तीन काम कर सकते हैं। सबसे पहले, वे लक्ष्य निर्धारित करने के मूल्य को संबोधित करने में आपकी मदद कर सकते हैं। दूसरे, वे आपको काररवाई करने के लिए संकेत दे सकते हैं। अंत में, वे आपके लक्ष्यों को प्राप्त करने में आपकी मदद कर सकते हैं।

□

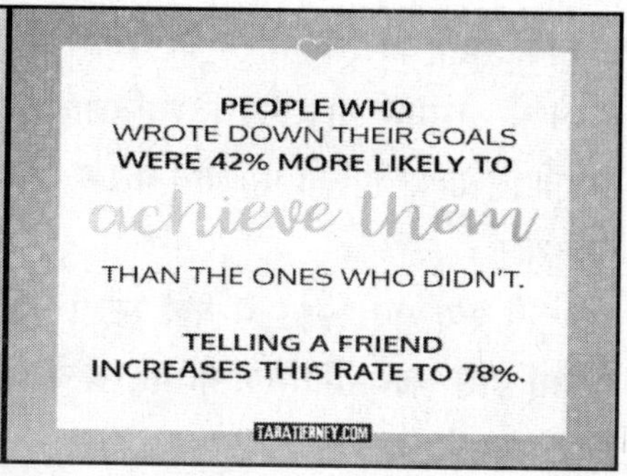

गोल क्यों लिखना है?

सन् 1979 में शोधकर्ताओं के एक समूह ने हार्वर्ड बिजनेस स्कूल के स्नातक स्तर पर एक लक्ष्य-निर्धारण अध्ययन का संचालन करने का निर्णय लिया, ताकि यह आकलन किया जा सके कि जीवन में बाद में लक्ष्य-प्रभाव के लिए लिखित और नियोजित परिणाम कैसे हुए।

लक्ष्य निर्धारण पर हार्वर्ड एम.बी.ए. के इस अध्ययन को अकसर वेब पर संदर्भित किया जाता है; लेकिन विवरण आमतौर पर अस्पष्ट या भ्रमित होते हैं; चूँकि बहुत से लोगों ने इस अध्ययन का उल्लेख किया है, इसलिए मैं इसके आसपास के किसी भी भ्रम को गिराना और दूर करना चाहता था। अकसर लोग इस अध्ययन को येल विश्वविद्यालय में सन् 1953 में आयोजित वेब पर एक और अकसर बातचीत के बारे में अध्ययन के साथ भ्रमित करते हैं।

यह अध्ययन हार्वर्ड लक्ष्य-निर्धारण अध्ययन के समान था, हालाँकि सन् 1996 में लॉरेंस तबक ने एक फास्ट कंपनी के लेख में उस अध्ययन को खारिज कर दिया, जिसमें दावा किया गया था कि यह दुनिया के सबसे प्रसिद्ध प्रेरक वक्ताओं में एक जिगजिग्लर के सबसे अधिक बिकनेवाले वीडियो के बीच में दिखाई दिया था।

यह अध्ययन हार्वर्ड एम.बी.ए. अध्ययन के लगभग समान दिखता है।

टाकाक सूत्रों को ट्रैक करने के प्रयास के बाद येल अध्ययन को सत्यापित करने में असमर्थ था। येल विश्वविद्यालय खुद भी सूचना और साहित्य की अपनी विशाल वार्षिकी पर शोध करके अध्ययन को सत्यापित करने में सक्षम नहीं था।

तो क्या सन् 1953 में येल स्टडी का अस्तित्व था या यह केवल प्रेरक गुरुओं द्वारा लक्ष्य-निर्धारण के महत्त्व के बारे में लोगों को उत्साहित करने के लिए मनगढ़ंत था ?

□

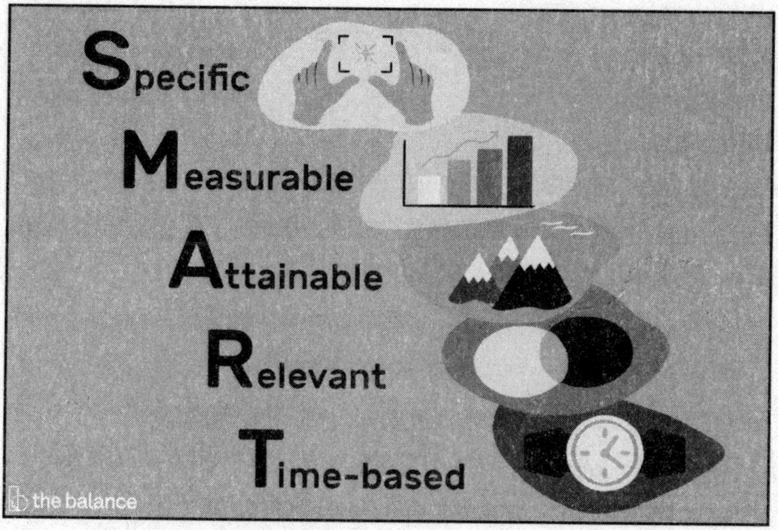

लक्ष्य-निर्धारण का स्मार्ट सूत्र

स्मार्ट लक्ष्य हैं–

विशिष्ट (Specific) : अच्छी तरह से परिभाषित, स्पष्ट और अस्पष्ट।

- **मापने योग्य (Measurable) :** विशिष्ट मानदंडों के साथ जो लक्ष्य की उपलब्धि की दिशा में आपकी प्रगति को मापते हैं।
- **प्राप्त करने योग्य (Attainable) :** प्राप्य और प्राप्त करना असंभव नहीं।
- **यथार्थवादी (Relavent) :** पहुँच के भीतर, यथार्थवादी और आपके जीवन-उद्देश्य के लिए प्रासंगिक।
- **समय पर (Time Bound) :** एक स्पष्ट रूप से परिभाषित समय-रेखा के साथ, जिसमें एक प्रारंभिक तिथि और एक लक्ष्य तिथि शामिल है, उद्देश्य तात्कालिकता पैदा करना है।

स्मार्ट गोल

विशिष्ट–

जो लक्ष्य विशिष्ट हैं, उनके पूरा होने की संभावना अधिक है।

किसी लक्ष्य को विशिष्ट बनाने के लिए पाँच 'W' प्रश्नों पर विचार किया जाना चाहिए–

1. कौन (Whom), कौन इस लक्ष्य में शामिल है?
2. क्या (What), क्या पूरा करना चाहते हैं?
3. कहाँ (Where), इस लक्ष्य को कहाँ प्राप्त करना है?
4. कब (When), मैं कब इस लक्ष्य को प्राप्त करना चाहता हूँ?
5. क्यों (Why), मुझे यह लक्ष्य क्यों प्राप्त करना है?

उदाहरण के लिए, एक सामान्य लक्ष्य 'मैं आकार प्राप्त करना चाहता हूँ।' एक अधिक विशिष्ट लक्ष्य होगा–'मैं विशिष्ट समय पर विशिष्ट जिम में जाऊँगा और प्रतिदिन 45 मिनट वर्क आउट करूँगा तथा 23 मार्च, 2020 से अपने पेट को 39 इंच से शुरू करूँगा और छह महीने की तारीख, यानी 23 सितंबर, 2020 तक 36 इंच पूरा करूँगा।'

विशिष्ट–

विशिष्ट जिम विशिष्ट शारीरिक माप, जैसे कमर 39 से 36 होनी चाहिए।

छह महीने में 39 से 36 तक मापने योग्य पेट, जो दो महीने में 1 इंच है। यह आसानी से मापा जा सकता है।

निश्चित रूप से यह प्राप्त करने योग्य है। (कुछ लोग छह महीने में 39 इंच से 29 इंच करते हैं तो यह मुश्किल है या आसानी से प्राप्त करने योग्य नहीं है।)

प्राप्त करने योग्य

पहले हमें 3 इंच के लिए लक्ष्य तय करना होगा और इसे प्राप्त करने के बाद आप एक और 3 इंच का लक्ष्य चरण निर्धारित कर सकते हैं।

यथार्थवादी–

यह निश्चित रूप से यथार्थवादी है, जैसा कि हमने पहले बताया है कि छह महीने में 39 इंच से 29 इंच यथार्थवादी नहीं है, छह महीने में 3 इंच यथार्थवादी है।

समय पर–

निश्चित रूप से, समय पर या समयबद्ध है, क्योंकि व्यक्ति ने 23 सितंबर, 2020 को पूरा करने का फैसला किया है

स्मार्ट गोल : मापने योग्य

प्रगति को मापने के लिए एक स्मार्ट लक्ष्य के पास मानदंड होना चाहिए। यदि कोई मानदंड नहीं है तो आप अपनी प्रगति का निर्धारण करने में सक्षम नहीं होंगे और यदि आप अपने लक्ष्य तक पहुँचने के लिए ट्रैक पर हैं तो लक्ष्य को मापने योग्य बनाने के लिए स्वयं से पूछें—

1. कितने/ज्यादा ?
2. मुझे कैसे पता चलेगा कि मैं अपने लक्ष्य तक पहुँच गया हूँ ?
3. मेरी प्रगति का सूचक क्या है ?

उदाहरण के लिए, ऊपर दिए गए विशिष्ट लक्ष्य पर निर्माण—

मैं अपने स्थानीय सामुदायिक केंद्र में जिम की सदस्यता प्राप्त करना चाहता हूँ और स्वस्थ रहने के लिए सप्ताह में चार दिन वर्क आउट करता हूँ। प्रत्येक सप्ताह मैं शरीर की वसा के 1 पाउंड को खत्म करने का लक्ष्य रखूँगा।

स्मार्ट गोल : प्राप्त करने योग्य

एक स्मार्ट लक्ष्य प्राप्त और प्राप्य होना चाहिए। इससे आपको उन तरीकों का पता लगाने में मदद मिलेगी, जिनसे आप उस लक्ष्य को महसूस कर सकते हैं और उसके प्रति काम कर सकते हैं। लक्ष्य की साध्यता को बढ़ाया जाना चाहिए, ताकि आप चुनौती महसूस कर सकें। लेकिन अच्छी

तरह से परिभाषित किया गया है कि आप वास्तव में इसे प्राप्त कर सकते हैं। अपने आप से पूछो—

1. क्या मेरे पास लक्ष्य प्राप्त करने के लिए संसाधन और क्षमताएँ हैं? यदि नहीं, तो मुझे क्या याद आ रहा है?
2. क्या दूसरों ने इसे सफलतापूर्वक किया है?

स्मार्ट गोल : यथार्थवादी

एक स्मार्ट लक्ष्य वास्तविक होना चाहिए कि उपलब्ध संसाधनों और समय को देखते हुए लक्ष्य को वास्तविक रूप से प्राप्त किया जा सके। यदि आप मानते हैं कि यह पूरा किया जा सकता है तो एक स्मार्ट लक्ष्य संभावित रूप से यथार्थवादी है। अपने आप से पूछें—

1. क्या लक्ष्य यथार्थवादी है और पहुँच के भीतर है?
2. क्या लक्ष्य को समय और संसाधन दिए जा सकते हैं?
3. क्या आप लक्ष्य प्राप्त करने के लिए प्रतिबद्ध हैं?

स्मार्ट गोल : समय पर

एक स्मार्ट लक्ष्य को समयबद्ध होना चाहिए कि उसमें एक आरंभ और समाप्ति तिथि हो। यदि लक्ष्य समय की कमी नहीं है तो लक्ष्य को प्राप्त करने के लिए तात्कालिकता और प्रेरणा की भावना नहीं होगी। अपने आप से पूछें—

1. क्या मेरे लक्ष्य की एक समय-सीमा है?
2. कब तक आप अपने लक्ष्य को प्राप्त करना चाहते हैं?

उदाहरण के लिए, उपर्युक्त लक्ष्य पर निर्माण—

1 अगस्त को मैं अपने स्थानीय सामुदायिक केंद्र में जिम की सदस्यता प्राप्त करूँगा। स्वस्थ रहने के लिए मैं सप्ताह में चार दिन वर्क आउट करूँगा। हर हफ्ते मैं शरीर की वसा के 1 पाउंड को कम करने का लक्ष्य रखूँगा।

अगस्त के अंत तक मुझे अपने लक्ष्य का अहसास हो जाएगा, यदि मैं महीने के दौरान 4 पाउंड वसा कम कर लेता हूँ।

स्मार्ट लक्ष्य सेटिंग का महत्त्व : अकसर व्यक्ति या व्यवसाय

सामान्य और अवास्तविक लक्ष्य निर्धारित करके विफलता के लिए खुद को स्थापित करेंगे, जैसे 'मैं एक्स के लिए सबसे अच्छा बनना चाहता हूँ।' यह लक्ष्य अस्पष्ट है, जिसमें कोई दिशा नहीं है। स्मार्ट लक्ष्य आपको विशिष्ट, औसत दर्जे का, प्राप्त करने योग्य, यथार्थवादी और समय पर बनाकर सफलता के लिए निर्धारित करते हैं। स्मार्ट विधि आपको आगे बढ़ाने में मदद करती है, आपको दिशा प्रदान करती है और आपको अपने लक्ष्य को व्यवस्थित करने और उस तक पहुँचने में मदद करता है।

□

मर्सिडीज की कहानी

रमेश (नाम धारणा) एक व्यक्ति है, जो स्मार्ट लक्ष्यों का फॉर्मूला जानता है और वह अपने जीवन में इसे लागू करना चाहता है। वह अपने जीवन में मर्सिडीज खरीदना चाहता है। वह बाजार गया और मर्सिडीज कार का पोस्टर खरीदा, जो कि लाल रंग की कार थी। घर लौटकर उसने दीवार पर उस पोस्टर को चिपकाया और 31 दिसंबर, 2020 (मान लें) की तारीख लिखी, जो 30 महीने बाद 30 जून, 2018 की खरीद की तारीख है।

उसका मानना है कि कार की लागत 36 लाख रुपए है और वह प्रतिमाह 90,000 से लेकर 1 लाख रुपए तक की बचत कर सकता है और इस सपने को 36 महीनों में आसानी से प्राप्त कर सकता है, लेकिन वह 30 महीनों में इसकी योजना बना सकता है। अब हम स्मार्ट लक्ष्यों के फॉर्मूले को देखें।

दिसंबर 2020 के मध्य में उसने कार खरीदने के लिए 36 लाख रुपए के फंड को बचाने का लक्ष्य हासिल किया। अब वह पोस्टर के साथ कार शोरूम में गया और शोरूम के मैनेजर से कहा कि 'मैं 31 दिसंबर, 2020 को उसी रंग और उसी मॉडल के साथ उस लाल रंग की कार को खरीदना चाहता हूँ। 31 दिसंबर, 2020 को उस कार की ऑन रोड कीमत क्या होगी?' शोरूम

के मैनेजर ने उसे बताया कि ऑन रोड कीमत 36 लाख रुपए होगी, लेकिन अभी हमारे पास लाल रंग का मॉडल नहीं है। आप एक और रंग चुन सकते हैं।' रमेश ने जवाब दिया कि 'मुझे वही रंग चाहिए।' शोरूम प्रबंधक ने कहा कि अगर हम समान रंग का ऑर्डर देते हैं तो कम-से-कम 30 से 40 दिन लगेंगे, अत: वह 31 दिसंबर से 15 से 20 जनवरी, 2021 तक डिलीवरी की तारीख का प्रबंधन कर सकेंगे।

रमेश ने जोर देकर कहा कि मैं उसी रंग और उसी तारीख 31 दिसंबर, 2020 के साथ एक ही मॉडल चाहता हूँ। मैं किसी भी चीज के साथ समझौता नहीं करूँगा। रमेश सोचता है, मैं शोरूम प्रबंधक को कैसे समझा सकता हूँ कि मैं अपने सपनों में इस कार को पिछले 30 महीनों से चला रहा हूँ! अब मैं कार का रंग कैसे बदल सकता हूँ! और अब उसका मानना है कि स्मार्ट लक्ष्यों के सूत्र काम करते हैं और सोचते हैं कि भगवान् निश्चित रूप से रास्ता खोज लेंगे।

आखिरकार शोरूम के मालिक ने बताया कि साहब, मुझे एक और शोरूम में इस मॉडल को खोजने के लिए समय की आवश्यकता होगी। और आखिरकार रमेश को कुछ दिनों के बाद शोरूम मैनेजर का फोन आया कि साहब, बहुत कोशिशों के बाद मैं अपने दूसरे शोरूम में उसी रंग का मॉडल ढूँढ़ पा रहा हूँ, लेकिन कुछ समस्या है। रमेश ने पूछा कि क्या समस्या है? शोरूम मैनेजर ने कहा कि यह डिस्प्ले मॉडल है। यदि आप रुचि रखते हैं कि हम उस शोरूम से उस शोरूम को अपने शोरूम में स्थानांतरित करने के लिए निर्देश दे सकते हैं। रमेश ने कहा कि मुझे कोई समस्या नहीं है। आगे के शोरूम प्रबंधक ने बताया कि हम 6 लाख रुपए छूट की पेशकश करेंगे, क्योंकि यह प्रदर्शन मॉडल है। रमेश ने अपनी आंतरिक खुशी के साथ स्वीकार किया। अब रमेश का मानना है कि स्मार्ट लक्ष्य फॉर्मूला 100 प्रतिशत काम करता है। वह सोचता है कि जब मेरे पास कार खरीदने की योजना है तो मैं 30 महीने में 30 लाख रुपए का प्रबंधन करने में सक्षम हूँ। अब वही कार उसी कीमत के साथ आती है। अब यह उसे बहुत खुश करता है।

आखिरकार 31 दिसंबर, 2020 का दिन आ गया। रमेश पोस्टर के साथ शोरूम में गया। रमेश की कहानी कंपनी और शोरूम में हर कोई जानता है। मालिक श्री दलीप वाधवा, जो उस विशेष मॉडल के साथ रमेश से मिलना चाहते हैं, इसलिए वह उस कार को देने के लिए उस शोरूम में पहुँचते हैं, जब रमेश पोस्टर के साथ शोरूम में प्रवेश करता है और वह उस पोस्टर को फिर से शोरूम मैनेजर को दिखाता है। जब श्री दलीप वाधवा ने पोस्टर देखा तो उनकी आँखों में आँसू आ गए। रमेश ने उनसे पूछा कि आप क्यों रो रहे हैं? श्री दलीप ने जवाब दिया कि जिस कार में आपको एक ही रंग नहीं मिल रहा है और न ही आपको वैसी कार मिल रही है, जैसा कि आप पोस्टर में दिखा रहे हैं, क्योंकि यह मॉडल वही है, जो फोटो शूट कर रहा है।

शिक्षा : यह स्मार्ट लक्ष्यों के फॉर्मूले की शक्ति है।

लक्ष्य आपको आगे बढ़ाते हैं

उपलब्धि के लिए एक निर्धारित तिथि के साथ लिखे गए लक्ष्य के होने से आपको योजना और काम करने के लिए कुछ मिलता है। एक लिखित लक्ष्य आपकी आंतरिक इच्छाओं का बाहरी प्रतिनिधित्व है; इसका एक निरंतर अनुस्मारक, जो आपको पूरा करने की आवश्यकता है। एक बहुत ही सामान्य पैटर्न है, जो उन लक्ष्यों की दिशा में काम करने के साथ आता है, जिनसे हम सभी परिचित हैं। आप अपने दिमाग को किसी चीज में सेट करते हैं। आप उत्साहित होते हैं और पागल की तरह काम करते हैं और फिर प्रेरणा व्यर्थ होने लगती है। ऐसे लक्ष्य रखना, जिन पर आप ध्यान केंद्रित कर सकते हैं और कल्पना कर सकते हैं, आपको बेहतर ढंग से खुद को अपनी आंतरिक इच्छाओं से जोड़ने में मदद करते हैं और आपको वह प्रेरक ऊर्जा प्रदान करते हैं, जिनकी आपको अवधियों के माध्यम से काम करने की आवश्यकता होती है, जहाँ आपका ध्यान अनिवार्य रूप से व्यर्थ होने लगता है।

लक्ष्य हमारी मदद करते हैं। अपने लिए लक्ष्य निर्धारित करना अपनी महत्त्वाकांक्षा को पूरा करने का एक तरीका है।

लक्ष्य-निर्धारण केवल आपके जीवन के लिए एक योजना बनाने और अपने आपको जवाबदेह रखने के बारे में नहीं है। इसके बारे में हमें उन चीजों के लिए आवश्यक प्रेरणा देना है, जिनके बारे में हमने कभी सोचा भी नहीं था।

क्या आप कुछ ऐसा हासिल करना चाहते हैं, जिसके बारे में बहुत से लोग सपने देखते हैं, लेकिन कुछ लोग कभी पूरा करते हैं? जब तक आप इसे अपने लिए एक लक्ष्य नहीं बनाते हैं और इसे प्राप्त करने की दिशा में हर रोज काम करते हैं तो आप कभी यह क्यों विश्वास करेंगे कि आप इसे पूरा कर सकते हैं? जब तक आप अपने आप को धीरे-धीरे प्रगति करते हुए नहीं देखते, तब तक आपके सपने और आकांक्षाएँ आपकी कल्पना में तैरती अस्पष्ट धारणाओं से ज्यादा कुछ नहीं हैं।

लक्ष्य आपको विफलता के लिए जवाबदेह ठहराते हैं?

यदि आप ठोस लक्ष्यों को नहीं लिखते हैं और अपने आप को उपलब्धि के लिए समय देते हैं तो आप कैसे असफल हो सकते हैं? और यदि आप असफल हुए तो अपने मार्ग का पुनर्मूल्यांकन करें। आपके द्वारा 6 महीने, 1 वर्ष या 5 साल पहले निर्धारित किए गए लक्ष्य को वापस देखने के बारे में कुछ बहुत ही विनम्रतापूर्ण है और यह महसूस करते हुए कि आप वास्तव में किए गए से बहुत अधिक हासिल करने वाले थे। यह एक ठोस संकेत है कि आप जो भी कर रहे हैं, वह काम नहीं कर रहा है और आप जहाँ होना चाहते हैं, वहाँ आपको वास्तविक परिवर्तन करने की आवश्यकता है।

लक्ष्य बनाएँ, आप वास्तव में क्या चाहते हैं?

निश्चित रूप से ऐसे समय होते हैं, जहाँ हम ऐसे लक्ष्य निर्धारित करते हैं, जो वास्तव में हम जो चाहते हैं, उसे प्रतिबिंबित नहीं करते हैं। कभी-कभी हमें लगता है कि हमें अधिक धन की आवश्यकता है, जब वास्तव में हमें पर्यावरण के परिवर्तन की आवश्यकता होती है या किसी को प्यार करने की। कभी-कभी हम सोचते हैं कि हम अधिक खाली समय चाहते हैं; लेकिन जो हम वास्तव में चाहते हैं, वह काम है, जिसके बारे में हम वास्तव में भावुक हो सकते हैं।

कभी-कभी हम सोचते हैं कि हम अकेले रहना चाहते हैं, लेकिन वास्तव में हमें अधिक सकारात्मक लोगों के आसपास रहने की आवश्यकता है।

यदि आप पहली बार में लक्ष्य निर्धारित नहीं करते हैं तो आप कैसे पता लगा सकते हैं कि आप वास्तव में क्या चाहते हैं? यदि आप 'सफलता' और 'सिद्धि' की अस्पष्ट धारणाओं के साथ जीवन में भटकते हैं तो आप कभी भी यह नहीं जान सकते हैं कि एक नई बी.एम.डब्ल्यू. खरीदने से आपको सच्ची ख़ुशी नहीं मिलेगी या यह कि काम पर प्रतिष्ठित प्रचार के लिए उतरना आपको दु:खी कर देगा; क्योंकि अतिरिक्त पैसा और फैंसी शीर्षक आपके परिवार के साथ कम समय के लिए नहीं होगा।

अपने आप से यह पूछें कि हम वास्तव में क्या चाहते हैं और अपने लक्ष्यों का लगातार आकलन करते हैं, हम आत्म-निरीक्षण और आत्म-प्रतिबिंब का लाभ प्राप्त करते हैं। हम यह पता लगा सकते हैं कि यह वह है, जो हम वास्तव में जीवन में चाहते हैं और फिर, हम बाहर जाकर इसे कर सकते हैं।

जब आप लक्ष्यों को निर्धारित करने के लिए समय लेते हैं तो आप यह सुनिश्चित करते हैं कि आपका जीवन हर पल सबसे अधिक प्राप्त करने के लिए तैयार है। जीवन में बहुत कुछ करना और अनुभव करना है; लेकिन हम जिन चीजों को हासिल करना चाहते हैं और अनुभव करना चाहते हैं, उनमें से बहुत सी चीजें हमें नहीं सौंपी जाती हैं। हमें इसके लिए काम करने की आवश्यकता है।

कल्पना कीजिए कि आप छुट्टी पर हैं। आपके पास एक विदेशी भूमि के सभी स्थलों, ध्वनियों और अनुभवों को लेने के लिए सीमित समय है। क्या आप यह जानना नहीं चाहेंगे कि आप क्या करना चाहते हैं और क्या देखना चाहते हैं? या आप कुछ दिलचस्प खोजने की उम्मीद में इधर-उधर भटकेंगे? और यदि आपके पास कुछ और जगहें हैं, जिन्हें आप देखना चाहते हैं तो क्या आप यह जानने के लिए थोड़ा शोध करेंगे कि वहाँ कैसे पहुँचा जाए? या फिर आप इधर-उधर भटकेंगे, यह आशा करते हुए कि आप अंततः वह स्थान खोज लेंगे, जो आप खोज रहे हैं?

कई मायनों में जीवन एक छुट्टी की तरह है (हालाँकि यह निश्चित रूप से ऐसा महसूस नहीं करता है)। हमें उन अनुभवों को आगे बढ़ाने के लिए एक निश्चित समय दिया गया है, जो हम चाहते हैं। यदि आप अपने जीवन के सबसे अनमोल क्षणों से बाहर निकलना चाहते हैं तो आपको यह जानना होगा कि आप क्या चाहते हैं।

निश्चित रूप से, इसका मतलब यह नहीं है कि आपको अपने जीवन के हर एक पल की योजना बनानी होगी। आखिरकार थोड़ी सी गंभीरता के बिना छुट्टी क्या है?

अपनी यात्रा के दौरान आपको बहुत सारी दिलचस्प चीजें देखने और करने को मिलेंगी, जो आपने शुरू करने से पहले कभी नहीं सोचा था, जिससे आपकी मंजिल बदल सकती है, क्योंकि आप सड़क पर यात्रा करते हैं और अपने बारे में तथा आप जिस दुनिया में रहते हैं, उसके बारे में अधिक जानें; लेकिन आप क्या करना चाहते हैं और आप कहाँ जाना चाहते हैं, इसकी स्पष्ट समझ के बिना आप कभी भी पूरी तरह से जीवन नहीं जी पाएँगे।

लक्ष्य आपकी प्रगति को मापने की अनुमति देते हैं

अपने लिए लक्ष्य निर्धारित करके आप अपनी प्रगति को माप सकते हैं, क्योंकि आपके पास हमेशा तुलना करने के लिए एक निश्चित समापन बिंदु या बेंचमार्क होता है। उदाहरण के लिए, इस परिदृश्य को लें। डेविड न्यूनतम 300 पृष्ठोंवाली पुस्तक लिखने का लक्ष्य बनाता है। वह हर दिन लिखना शुरू कर देता है और वास्तव में कड़ी मेहनत करता है; लेकिन बीच में वह यह लिखता है कि उसने कितने और पेज लिखे हैं तथा उसे लिखने के लिए कितना और क्या चाहिए। इसलिए डेविड घबराने के बजाय केवल उन पृष्ठों की संख्या गिनाता है, जो उसने पहले ही लिखे हैं और वह तुरंत अपनी प्रगति को निर्धारित करता है तथा जानता है कि उसे कितना आगे जाना है।

लक्ष्य आप में और अनियंत्रित बंद कर दिया

लक्ष्य निर्धारित करके आप खुद को मानसिक सीमा देते हैं। जब आपके

मन में एक निश्चित समापन बिंदु होता है तो आप स्वचालित रूप से कुछ विकर्षणों से दूर रहते हैं और लक्ष्य की ओर केंद्रित रहते हैं। यह प्रक्रिया स्वतः और सूक्ष्म रूप से होती है, लेकिन शोध के अनुसार होती है। एक बेहतर विचार प्राप्त करने के लिए यह कल्पना करें। आपका सबसे अच्छा दोस्त स्विट्जरलैंड जा रहा है और उसका जहाज 9:00 बजे उड़ान भरता है। आप उसे देखने के लिए रात 8:30 बजे के बाद काम छोड़ देते हैं और आपको पता है कि हवाई अड्डे पर जाने के लिए 20 मिनट की पैदल दूरी है, इसलिए आप उसे जॉगिंग करके 15 मिनट में हवाई अड्डे तक पहुँचने का लक्ष्य बनाएँ, ताकि आपके पास विदा करने के लिए अधिक समय हो।

आप रास्ते में 'कुछ भी' से परेशान हो जाएँगे? क्या आप ब्रेक या स्नैक के लिए रुकेंगे? क्या आप हवाई अड्डे पर जाने से पहले अपने घर में रुकेंगे? मुझे यकीन है कि आपने प्रत्येक प्रश्न के लिए उत्तर दिया और दिन के अंत में, यह वही है, जो एक लक्ष्य आपको देता है—फोकस। कोई फर्क नहीं पड़ता कि आप किस रास्ते से मिलते हैं या आप जो देखते हैं (कुछ भी सामान्य नहीं है), उसे देखते हुए आपका लक्ष्य आपको अंदर रहने की अनुमति देता है। आप अवचेतन रूप से विक्षेपों से दूर रहते हैं और आपका ध्यान केवल लक्ष्य पर रहता है और वैसे अगर आपको अभी तक यह पता नहीं है कि आप कैसे सफल होते हैं तो आप एक लक्ष्य निर्धारित करते हैं, आप इसे लॉक करते हैं और फिर इसे अपना 100 प्रतिशत देते हैं।

लक्ष्य आपको प्रेरणा देते हैं

अपने पूरे जीवन में आपने कभी महसूस किया कि सभी प्रेरणा या प्रेरणा के मूल लक्ष्य हैं। लक्ष्य-निर्धारण आपको आपकी राह की नींव प्रदान करती है। एक लक्ष्य बनाकर आप अपने आप को लक्ष्य बनाने के लिए एक ठोस समापन बिंदु देते हैं और उत्साहित होते हैं। यह आपको कुछ ध्यान केंद्रित करने के लिए देता है और अपना 100 प्रतिशत प्रयास करता है। यह ध्यान वह है, जो प्रेरणा को विकसित करता है। लक्ष्य केवल आपकी ऊर्जा को

सकारात्मक दिशाओं में केंद्रित करने के लिए उपकरण हैं। इन्हें आपकी प्राथमिकताओं में बदलाव के रूप में बदला जा सकता है, नए जोड़े जा सकते हैं और अन्य को गिरा दिया जाता है।

लक्ष्य प्राप्त करने के लिए एक उद्देश्य खोजें।

लक्ष्य का उद्देश्य क्या है?

लक्ष्य वह चीज है, जिसके लिए हम प्रयास करते हैं, जिसे हमारे उद्देश्य के साथ जोड़ा जाना चाहिए।…लक्ष्य ऐसा करने के लिए होते हैं। वे हमारे उद्देश्य की पूर्ति करते हैं। हमारा उद्देश्य हमारे लक्ष्यों की सेवा नहीं करता है। यह हमें उन्हें बनाने में मदद करता है। जब आप अपने उद्देश्य में रॉक-सॉलिड होते हैं तो आप सही चीजों पर ध्यान केंद्रित कर सकते हैं और जहाँ चाहें वहाँ जा सकते हैं।

यह उनका जुनून था और पेड़ लगाने का जुनून था, जिसके चलते जादव मोलाई पेइंग असम में माजुली नदी के पास एक संपन्न व जीवंत 1,360 एकड़ जंगल विकसित करते थे। वह वन—न्यूयॉर्क शहर में केंद्रीय पार्क से बड़ा—अब 'मोलाई वन' के रूप में जाना जाता है। मोलाई ने 'वन मैन ऑफ इंडिया' का खिताब अर्जित किया है।

मोलाई (अब पद्मश्री से सम्मानित) के लिए यह सब 16 साल की उम्र में शुरू हुआ—वर्ष 1979 में, जब उन्होंने पेड़ से कम रेतीले स्थान पर कुछ मरे हुए साँपों का सामना किया। वह समझ गए थे कि वे मर चुके थे, क्योंकि उनके पास सूरज से पौधों या पेड़ों का कोई आश्रय नहीं था। वह उस जमीन को जंगल में बदलने का फैसला करते हैं।

वह वहाँ पेड़ लगाने का लक्ष्य बनाते हैं। जंगली जानवरों को जीवित करने का उनका उद्देश्य है। उन्होंने रेतीले स्थान पर बाँस के पौधे लगाने शुरू किए। उसी वर्ष जब गोलाघाट जिले के सामाजिक वानिकी प्रभाग ने एक वृक्षारोपण परियोजना का शुभारंभ किया। मोलाई, जो कि मेसिंग जनजाति के हैं (जिन्हें पहले 'मिरी' कहा जाता था) को एक मजदूर के रूप में काम पर रखा गया था।

लेकिन जब तीन साल बाद पाँच साल की परियोजना को बंद करना

पड़ा तो मोलाई ने पौधों की देखभाल करना जारी रखा। पेड़ लगाने के बावजूद अन्य मजदूरों ने उस क्षेत्र को छोड़ दिया। तीन दशकों से किसी ने उस आदमी के जुनून पर ध्यान नहीं दिया। उन्होंने 10वीं कक्षा पास की। वह अपनी पत्नी विनीता और अपने बच्चों के साथ वहाँ रहते थे। उन्होंने दर्जनों गायों और भैंसों को पाला था।

मोलाई के प्रयास वर्ष 2008 में वन विभाग के अधिकारियों के संज्ञान में आए, जब वे 115 हाथियों के झुंड की तलाश में थे, जो पास के एक गाँव में संपत्ति को नुकसान पहुँचाने के लिए जिम्मेदार थे। झुंड ने उनके घर को पूरी तरह से क्षतिग्रस्त कर दिया था और ग्रामीण अपनी फसल के नुकसान के लिए उन्हें गाली दे रहे थे। लेकिन मोलाई अपने जीवन के सबसे खुश दिनों में से एक में थे, क्योंकि उन्होंने हाथियों के आकार जैसे अपने जीवन को जंगल में वापस आते हुए देखा। अधिकारियों द्वारा बड़े और घने जंगल की सराहना की गई। दुनिया ने उस आदमी पर ध्यान दिया।

अब मोलाई वन में बंगाल के बाघ, भारतीय गैंडे और पेड़-पौधों के कई प्रकार हैं। अब वह मोलाई वन 1,360 एकड़ का अपना जीवन जी रहा है।

लक्ष्य प्राप्त करने के लिए एक उद्देश्य खोजें

जब कंप्यूटर की माँग करनेवाले लोग एवं कंप्यूटर बनानेवाली कंपनियाँ बढ़ रही थीं, यह देखने के लिए कि नई कंपनियाँ बाजार में आ रही हैं, कंप्यूटर व्यवसाय में सारी कंपनियाँ रुचि ले रही थीं। विभिन्न कमांड पर कंप्यूटर और वहाँ कुछ ऑपरेटिंग सिस्टम हो सकते हैं। वह व्यक्ति, जो कंप्यूटर पर काम करना चाहता है, वह कंप्यूटर पर काम करने के लिए कोर्स करता है।

डॉस के रूप में एक ऑपरेटिंग सिस्टम था। यह उस पर काम करने के लिए बहुत विशिष्ट और बहुत कठिन था। आपको सिस्टम संचालित करने के लिए कमांड्स को याद रखना होगा।

उसी समय बिल गेट्स नए सिस्टम को विकसित करने की कोशिश कर रहे थे, जिसमें ऑपरेटर को कमांड को याद रखने की आवश्यकता नहीं है। सभी कमांड माउस के क्लिक पर उपलब्ध हैं।

बिल गेट्स ऑपरेटर की समस्या को हल करने की कोशिश कर रहे थे और अंत में उन्होंने एक सॉफ्टवेयर विकसित किया, जिसमें ऑपरेटर को कमांड्स को याद रखने की आवश्यकता नहीं है। सभी कमांड माउस के क्लिक पर उपलब्ध हैं, जो WINDOWS है।

उसका उद्देश्य है ऑपरेटिंग सिस्टम को आसान बना देना। उसकी सफलता के पीछे यह बड़ा कारण है। यदि व्यक्ति के जीवन में उद्देश्य है कि वह दूसरे की समस्या को हल करे तो निश्चित रूप से वह धन कमाएगा। मान लीजिए कि कोई व्यक्ति कैब बुकिंग के लिए समस्या को हल करने का प्रयास करता है। यदि व्यक्ति को हर बुकिंग से 10 रुपए मिलते हैं तो वह बहुत पैसा कमाएगा। मान लीजिए कि वह हर महीने 1 करोड़ उपयोगकर्ताओं की समस्या का समाधान करता है तो उसे हर महीने 10 करोड़ व प्रतिवर्ष 120 करोड़ रुपए की आय होगी। यह उद्देश्य की शक्ति है।

बहुत सारे उदाहरण हम अपने जीवन में देख सकते हैं। Oyo Rooms में लोगों को मोबाइल एप की मदद से होटल बुक करने में मदद मिलती है और वह पैसे भी कमा रहा है। PAYTM भी नवीनतम उदाहरण है। मोबाइल से भुगतान करने के लिए लोगों की मदद करनेवाला व्यक्ति और वह पैसे कमा रहा है।

उद्देश्य बहुत महत्त्वपूर्ण हिस्सा है, जो आपके जीवन में लक्ष्यों को प्राप्त करता है। दैनिक दिनचर्या में आप अमीर व्यक्ति के उदाहरणों पर ध्यान देंगे और इसका कारण जानेंगे कि वह उत्पाद या सेवाओं के पीछे क्या कर रहा है ? आप आसानी से देख सकते हैं कि हर अमीर व्यक्ति दूसरे लोगों की समस्या को हल करके पैसा कमा रहा है। यदि आपके पास गुणवत्ता होगी या आपके पास समस्या का सबसे अच्छा मूल्य हो सकता है तो समस्या को हल करने की प्रकृति निश्चित रूप से पैसे कमाएगी।

अपने लक्ष्यों की योजना बनाने का सबसे अच्छा तरीका

यदि आप अपने लक्ष्यों को प्राप्त करना शुरू करना चाहते हैं तो आपको उन्हें उन चरणों में तोड़ना होगा, जो आपको पूरी तरह से तनाव से बाहर नहीं निकालते हैं। आपको अपने वार्षिक लक्ष्यों को काररवाई चरणों में बाँटना होगा और उन्हें वर्ष में होने के लिए निर्धारित करना होगा।

स्वास्थ्य, वित्त और व्यवसाय (अधिक ग्राहक, उत्पादों की बिक्री और प्रायोजकों आदि) के लिए लक्ष्य निर्धारित करें। वहाँ से आपको यह पता लगाना होगा कि आपको ऐसा करने के लिए दैनिक, साप्ताहिक व मासिक आधार पर क्या करना है।

लक्ष्यों को कठिन नहीं होना चाहिए। आपको बस, एक प्राप्त करने योग्य कार्य-योजना की आवश्यकता है, क्योंकि इससे आपको अपने लक्ष्यों को प्राप्त करने में मदद मिलेगी। मैं एक सरल प्रक्रिया की बात कर रहा हूँ,

जिसका उपयोग आप अपने लक्ष्यों को काररवाई चरणों में बाँटने के लिए कर सकते हैं। इन सिद्धांतों को आगे पढ़ते रहिए, ताकि आप अपनी खुद की चरण-दर-चरण (step by step) लक्ष्य योजना बना सकें।

हमारे लक्ष्यों को केवल एक योजना के वाहन के माध्यम से पूरा किया जा सकता है, जिसमें हमें विश्वासपूर्वक विश्वास करना चाहिए और जिस पर हमें सख्ती से काम करना चाहिए। सफलता का कोई दूसरा मार्ग नहीं है।

—पाब्लो पिकासो

कार्य-योजना क्या है?

एक कार्य-योजना चीजों को प्राप्त करने के लिए एक चरण-दर-चरण विधि है। यह छोटे एवं अधिक प्रबंधनीय लोगों में विशाल व भारी कार्यों को तोड़ने का एक तरीका है। यदि आप अपने लक्ष्य के कार्य की मात्रा से अभिभूत हैं तो एक कार्य-योजना इसे प्राप्त करने का अनुभव कराएगी।

आपको कार्य-योजना की आवश्यकता क्यों है?

अपने लक्ष्यों के लिए कार्य-योजना बनाना कुछ ऐसा है कि एक कार्य-योजना में अपने लक्ष्यों को तोड़ने से आपको अधिक काम करने में मदद मिलती है और आमतौर पर अपने जीवन के शीर्ष पर अधिक महसूस होता है। इसके अलावा, यह महसूस करना लाभदायी है कि मैं प्रगति कर रहा हूँ। यह आपको लक्ष्य हासिल करने की ओर ले जाता है।

लक्ष्यों को प्राप्त करने के लिए अपनी आदतों में सुधार करें

एक दैनिक या साप्ताहिक आदत की पहचान करें, जो आपको अपने लक्ष्य के साथ बनाए रखेगा। उदाहरण के लिए, अपने फोन को काम करते समय एयरो प्लेन मोड पर रखें। आदतें सफलता की रूपरेखा हैं, इसलिए अपने लक्ष्यों के साथ अपनी आदतों को संरेखित करना महत्त्वपूर्ण है।

समय-समय पर कारवाई की अपनी सूची की समीक्षा करें

कारवाई चरणों की अपनी सूची की समीक्षा करें और उन्हें इस तरह से क्रमबद्ध करें कि पहले क्या होने की आवश्यकता के आधार पर समझ में आता है और साप्ताहिक या मासिक प्रगति की समीक्षा करें, लेकिन समीक्षा आवश्यक है।

दृश्यता (Visibility)

आप जो लिख रहे हैं, उसे कैसे लिखेंगे, इसके बारे में स्पष्ट होने की कोशिश करें। अपने लक्ष्यों को एक दृश्य जगह पर रखें, ताकि आपको वह अकसर दिखाई देते रहें और उसकी याद दिलाते रहें। अपनी दिनचर्या के हिस्से के रूप में हर सुबह या सप्ताह में अपने लक्ष्यों की समीक्षा करें।

जिम्मेदारी

अपने कार्यों की जिम्मेदारी लें। आपका खुद के प्रति दायित्व है, इसलिए अपने और अपने भविष्य के लिए प्रतिबद्ध रहें। अपनी सफलता में देरी के लिए दूसरों को दोष न दें। अपने कार्यों के अनुरूप होने और अपने लक्ष्यों को दिन-प्रति-दिन पूरा करने का प्रयास करें।

लचीलापन

यदि आप मार्ग से भटकते हैं तो ऐसा न करें, केवल और केवल अपने मार्ग पर चलते रहें। आप कितने पीछे हैं, इसकी चिंता करके अपनी ऊर्जा का दुरुपयोग करने का कोई मतलब नहीं है। आपको यहाँ और वहाँ (या पूरी

तरह से) कुछ समय-सीमाएँ समायोजित करनी पड़ सकती हैं और यह ठीक है। अपने भविष्य के शीर्ष के लिए अपनी दृष्टि चौकन्नी रखें। आपको वहाँ पहुँचने का रास्ता मिलेगा।

लक्ष्यों में कार्य-योजना

> ***"हर सुबह अपने लक्ष्यों के बारे में सोचकर, दिन में कई बार और हर रात, उनके बारे में सोचकर आप उनकी ओर स्वतः ही बढ़ने लगते हैं।"***
>
> **—बॉब प्रॉक्टर**

सकारात्मक सोच के लाभ

अब हम सकारात्मक सोच की शक्ति की व्याख्या करेंगे। हम इसे आपसे साझा कर रहे हैं, क्योंकि बाजार में नकारात्मकता बहुत है। जब बाजार ऊँचा जाएगा तो हर कोई खुश हो जाएगा और जब बाजार गिर जाएगा तो हर कोई दहशत में आ जाएगा। बाजार में जो सकारात्मक सोच रखते हैं, क्योंकि मंदड़िए की प्रवृत्ति अस्थायी है और तेजड़िए की प्रवृत्ति स्थायी है, यह तथ्य है कि पत्थर पर स्केच स्थायी है। आपको हर मामले में बाजार के बारे में सकारात्मक सोचना होगा, क्योंकि नकारात्मकता आपके धैर्य की परीक्षा लेगी, बेचने के लिए उकसाएगी और आपको नुकसान पहुँचाएगी। बाजार के बारे में नकारात्मक सोच से सावधान रहें। हमेशा बाजार के बारे में सकारात्मक सोचें।

यहाँ आप बाजार के बारे में सकारात्मक सोच को समझ सकते हैं और यदि आपके पास बाजार के बारे में कुछ नकारात्मक विचार हैं, कि यह जुआ आदि का स्थान है, तो आपको इस प्रकार की चीजों को भूल जाना चाहिए और हमेशा बाजार के बारे में सकारात्मक सोचना चाहिए, जैसे कि यह पैसा बनाने का स्थान है। यह जीवन का सबसे महत्त्वपूर्ण हिस्सा है और जो लोग बाजार से पैसा कमाते हैं, वे हमेशा बाजार के बारे में सकारात्मक ही सोचते हैं।

सकारात्मक सोच

तनाव को कम करने के लिए नकारात्मक आत्म-चर्चा को रोकें।

सकारात्मक सोच तनाव-प्रबंधन में मदद करती है और यहाँ तक कि आपके स्वास्थ्य में सुधार कर सकती है। उपलब्ध कराए गए उदाहरणों के साथ नकारात्मक आत्म-चिंतन पर काबू पाने का अभ्यास करें।

क्या आपका गिलास आधा खाली है या आधा भरा हुआ है? आप सकारात्मक सोच के बारे में इस सदियों पुराने सवाल का जवाब कैसे दे सकते हैं? जीवन के प्रति आपका दृष्टिकोण, खुद के प्रति आपका दृष्टिकोण और क्या आप आशावादी या निराशावादी हैं? यह आपके स्वास्थ्य को भी प्रभावित कर सकता है। दरअसल, कुछ अध्ययनों से पता चलता है कि व्यक्तित्व के लक्षण, जैसे कि आशावाद एवं निराशावाद आपके स्वास्थ्य और कल्याण के कई क्षेत्रों को प्रभावित कर सकते हैं।

सकारात्मक सोच, जो आमतौर पर आशावाद के साथ आती है, प्रभावी तनाव प्रबंधन का एक महत्त्वपूर्ण हिस्सा है और प्रभावी तनाव-प्रबंधन कई स्वास्थ्य-लाभों से जुड़ा है। यदि आप निराशावादी होते हैं तो निराशा न करें। आप सकारात्मक सोच कौशल सीख सकते हैं।

सकारात्मक सोच और आत्म-चर्चा को समझना

सकारात्मक सोच का मतलब यह नहीं है कि आप अपने सिर को रेत में रखें और जीवन की कम सुखद स्थितियों को अनदेखा करें। सकारात्मक सोच का अर्थ है कि आप अप्रियता को अधिक सकारात्मक और उत्पादक तरीके से समझें। आपको लगता है कि सबसे अच्छा होने वाला है, सबसे बुरा नहीं।

सकारात्मक सोच अकसर आत्म-चर्चा से शुरू होती है। आत्म-चर्चा आपके मन के माध्यम से चलनेवाले अनजाने विचारों की अंतहीन धारा है। ये स्वचालित विचार सकारात्मक या नकारात्मक हो सकते हैं। आपके कुछ स्व-तर्क तर्क और कारण से आते हैं। अन्य आत्म-चर्चा गलतफहमी से उत्पन्न हो सकती है, जो आप जानकारी की कमी के कारण पैदा करते हैं।

उदाहरण–

यदि किसी व्यक्ति को कुछ सिरदर्द हो रहा है।

एक स्थिति में वह सोचता है कि आज मैं ऑफिस नहीं जाऊँगा। फिर उसका दिमाग उसका सुझाव देगा, 'आज घर पर ही रहना बेहतर होगा और ऑफिस या बॉस को सूचित कर दूँगा कि मैं ठीक नहीं हूँ और मैं आज ऑफिस नहीं आऊँगा।'

सकारात्मक सोच पर ध्यान केंद्रित करना

आप नकारात्मक सोच को सकारात्मक सोच में बदलना सीख सकते हैं। प्रक्रिया सरल है, लेकिन इसमें समय और अभ्यास लगता है। आखिरकार, आप एक नई आदत बना रहे हैं। यहाँ कुछ सोचने और व्यवहार करने के तरीके अधिक सकारात्मक व आशावादी हैं।

□

विजुअलाइजेशन का लाभ

विजुअलाइजेशन की परिभाषा

निम्नलिखित न्यूनतम मानदंड हैं, जो विजुअलाइजेशन में मदद करते हैं। विजुअलाइजेशन में सपनों को पूरा करने की शक्ति है। एक अच्छा विजुअलाइजेशन निश्चित रूप से अधिक करना है; लेकिन ये मानदंड बहुत सारी चीजों के बीच की रेखा खींचने के लिए उपयोगी होते हैं, जिन्हें अकसर विजुअलाइजेशन कहा जाता है और हम इस क्षेत्र में विजुअलाइजेशन पर विचार करते हैं।

एक विजुअलाइजेशन का उद्देश्य आपके मन में संचार करना है। इसका मतलब है कि डेटा कुछ ऐसा है, जो अमूर्त है या कम-से-कम तुरंत दिखाई नहीं देना चाहिए (जैसे मानव शरीर के अंदर)। यह आँखें बंद करने के साथ फोटोग्राफी और इमेज प्रोसेसिंग को नियंत्रित करता है। विजुअलाइजेशन लक्ष्यों को अदृश्य से दृश्यमान में बदल देता है।

एक छवि का निर्माण। यह स्पष्ट लग सकता है कि एक दृश्य को एक छवि का उत्पादन करना है, लेकिन यह हमेशा इतना स्पष्ट नहीं होता है। इसके अलावा, दृश्य संचार का प्राथमिक साधन होना चाहिए। अन्य तौर-तरीके केवल अतिरिक्त जानकारी प्रदान कर सकते हैं। यदि छवि-प्रक्रिया का

केवल एक छोटा सा हिस्सा है तो यह दृश्य नहीं है।

परिणाम पठनीय और पहचानने योग्य होना चाहिए। सबसे महत्त्वपूर्ण मानदंड यह है कि विजुअलाइजेशन को डेटा के बारे में कुछ सीखने का एक तरीका प्रदान करना चाहिए। एक छवि में गैर-तुच्छ डेटा का कोई भी परिवर्तन जानकारी को छोड़ देगा; लेकिन डेटा के कम-से-कम कुछ प्रासंगिक पहलुओं को पढ़ना होगा। विजुअलाइजेशन भी पहचानने योग्य होना चाहिए तथा कुछ और होने का दिखावा नहीं करना चाहिए।

निम्न उदाहरण 'ओम शांति ओम' फिल्म में देखे जाते हैं। शाहरुख खान अपने दोस्तों के साथ बैठे हैं और बोतल को हाथ में पकड़कर कल्पना करते हैं कि एक दिन सब ठीक हो जाएगा।

और वह दिन आएगा, जब उन्हें पुरस्कार मिलेगा।

शेयर मार्केट में आपको कल्पना करनी होगी कि आप क्या हासिल करना चाहते हैं। आप शेयर बाजार से क्या बैंक बैलेंस चाहते हैं? शेयर मार्केट से आप क्या संपत्ति बनाना चाहते हैं, आपको इसे दैनिक आधार पर देखना होगा। हम एक दिन में दो बार गुजर रहे हैं, जब हम कल्पना कर सकते हैं। कल्पना करने का सही समय सुबह और रात में है। सुबह जब बिस्तर से उठते हैं और दूसरी बार तब, जब हम बिस्तर पर जाते हैं। हमें यह कल्पना करनी होगी कि हम शेयर बाजार से क्या चाहते हैं? हम विवरण में शेयर बाजार में कार्य-योजना के बारे में चर्चा करेंगे। हमें रणनीति बनानी होगी कि बाजार में कैसे काम किया जाए। पहले हम शेयर मार्केट से आपके लक्ष्य बनाने की कोशिश कर रहे हैं, फिर हमने कार्य-योजना के बारे में चर्चा की है।

हम विवरण में कार्य-योजना के बारे में चर्चा करेंगे, जैसा कि हमारे पास शेयर बाजार के बारे में भयावह प्रकार की नकारात्मकता है। हम विभिन्न तकनीकों और प्रक्रिया के माध्यम से उस नकारात्मकता को दूर करने की कोशिश कर रहे हैं, जैसा कि हम अपने घर में दाल बनाना चाहते हैं तो सबसे पहले हम धूल एवं अन्य कणों, जो दाल नहीं हैं, को साफ करना होगा। अंत में, निस्पंदन प्रक्रिया के बाद हम खाना पकाने जा रहे हैं। खाना पकाने से पहले यह बहुत महत्त्वपूर्ण प्रक्रिया है।

हम शेयर मार्केट के बारे में आपके मन व मस्तिष्क को तैयार करने की कोशिश कर रहे हैं। एक बार जब आप शेयर मार्केट के बारे में अपना मन बना लेंगे, तब हम बाजार में काम करने की प्रक्रिया के बारे में बताएँगे। हम बताएँगे कि आप शेयर मार्केट में कैसे काम कर सकते हैं? एक बार जब आपका मन सकारात्मकता से भरा होता है और आप कल्पना कर सकते हैं कि मैं बाजार से पैसा कमा सकता हूँ, फिर स्पष्ट रूप से आप उस सिद्धांत और प्रणाली को अपना सकते हैं, जिसकी हम बाजार से पैसा बनाने के लिए चर्चा करेंगे।

मान लें कि आपसे and के स्थान पर end टाइपिंग की त्रुटि हो रही है तो 'गलत' and का प्रिंटर से एक प्रिंटआउट बनाएँ। यदि आप इरेजर का प्रयोग करते हैं और उसे बार-बार कागज पर सही करते हैं तो आप फिर प्रिंट करने की आज्ञा देते हैं और मान लेते हैं कि त्रुटि सही होगी, जो कि संभव नहीं है। यदि आप सही प्रिंटआउट प्राप्त करना चाहते हैं तो आपको कंप्यूटर में सुधार करना होगा, उसके बाद आपको सही प्रिंट मिलेगा। वही हम कह रहे हैं कि हमें बाजार में काम करने के लिए पहले अपने मन को बेहतर करना होगा।

□

शेयर बाजार के लाभ

लाभदायक व्यापार

अब हम शेयर बाजार पर आते हैं। आप 5,000 या 10,000 रुपए की छोटी सी राशि से निवेश शुरू कर सकते हैं और कमाई का विश्वास प्राप्त कर सकते हैं। एक बार निवेशक लगातार लाभ कमाता है तो वह राशि बढ़ाने की योजना बना सकता है। निष्कर्ष 'लालच व डर और छोटे लाभ लेने' को भूल जाएँ तो आपका फायदा ट्रेडिंग मुनाफे को चमत्कारिक बना देगा।

कई निवेशक आश्चर्यचकित हैं कि क्या उन्हें शेयरों में निवेश करना चाहिए? निवेश करने का निर्णय लेने से पहले सामान्य रूप से आम मिथकों को स्वीकार करने के बजाय शेयरों की सटीक समझ होना महत्त्वपूर्ण है—

- शेयर बाजार ने अब एक सदी से अधिक लोगों को मोहित किया है। स्टॉक अमीर होने का सबसे तेज तरीका है; हालाँकि वास्तव में बहुत कम निवेशक हैं, जो शेयर बाजार और शेयरों को सही परिप्रेक्ष्य में देखते हैं। अधिकांश के लिए यह सिर्फ कीमतों का अंक है, जो ऊपर और नीचे जा रहा है। यदि आपका अंक ऊपर जाता है तो आप पैसा बनाते हैं, अगर यह नीचे जाता है तो आप पैसा गँवा देते हैं। यह कहानी की शुरुआत और अंत दोनों है; लेकिन विचारशील निवेशक इससे अधिक समझदार है। वह स्टॉक को न केवल ऊपर और नीचे जानेवाले उद्धरणों के रूप में देखता है, बल्कि काररवाई में वास्तविक, लाइव व्यवसायों के रूप में।

एक कदम आगे बढ़ें और एक को एहसास हो कि स्टॉक में निवेश करना सबसे शानदार परिसंपत्ति वर्गों में से एक हो सकता है। वे एक वाहन और तंत्र हैं, जो साधारण व्यक्तिगत निवेशकों को कुछ अद्‌भुत लाभ और अवसर प्रदान करते हैं। ऐसे लाभ, जो किसी भी अन्य परिसंपत्ति वर्ग द्वारा अद्वितीय हैं।

स्केलेबल व्यवसाय, जिसमें कोई स्केलेबल शुल्क नहीं है

स्केलेबिलिटी क्या है?

स्केलेबिलिटी किसी प्रणाली, मॉडल या फंक्शन की एक विशेषता है, जो एक वृद्धि या विस्तार कार्यभार या दायरे के तहत सामना करने और अच्छी तरह से प्रदर्शन करने की अपनी क्षमता का वर्णन करती है। एक प्रणाली, जो तराजू को अच्छी तरह से बनाए रखने या अपने प्रदर्शन अथवा दक्षता के स्तर को बढ़ाने में सक्षम होगी, यहाँ तक कि बड़ी परिचालन माँगों द्वारा इसका परीक्षण किया जाता है।

वित्तीय बाजारों में स्केलेबिलिटी वित्तीय संस्थानों की बढ़ती बाजार माँगों को सँभालने की क्षमता को संदर्भित करती है। कॉरपोरेट माहौल में एक स्केलेबल कंपनी वह है, जो बिक्री की मात्रा में वृद्धि होने पर लाभ मार्जिन को बनाए रख सकती है या सुधार सकती है।

यह अवधारणा स्केल की अर्थव्यवस्थाओं के साथ निकटता से संबंधित है, जिसमें कुछ कंपनियाँ अपनी उत्पादन लागत को कम करने और लाभप्रदता बढ़ाने में सक्षम हैं; क्योंकि वे बड़ी होती हैं और अधिक उत्पादन करती हैं। जब उत्पादन बढ़ता है, लागत बढ़ती है और मुनाफे में कमी आती है तो ऐसी स्थितियों के लिए इसे 'पैमाने की विसंगतियाँ' कहा जाता है।

स्केलेबिलिटी को समझना

स्केलेबिलिटी, चाहे वह वित्तीय संदर्भ में हो या व्यावसायिक रणनीति के

संदर्भ में, किसी कंपनी की अपनी संरचना या उपलब्ध संसाधनों द्वारा बाधित किए बिना बढ़ने की क्षमता का वर्णन करता है, जब उत्पादन में वृद्धि का सामना करना पड़ता है। स्केलेबिलिटी का विचार हाल के वर्षों में अधिक-से-अधिक प्रासंगिक हो गया है; क्योंकि प्रौद्योगिकी ने कंपनियों का अधिग्रहण करना, बाजारों एवं पैमाने का विस्तार करना आसान बना दिया है।

प्रौद्योगिकी क्षेत्र में स्केलेबिलिटी का उदाहरण

उदाहरण के लिए, कुछ तकनीकी कंपनियों में उच्च स्तर के विकास के अवसर पैदा करने की एक अद्‌भुत क्षमता है। इसके पीछे तर्क भौतिक वस्तु की कमी है और माल एवं सेवाओं के उत्पादन का एक 'सॉफ्टवेयर-ए-सर्विस' (SAS) मॉडल है। कम परिचालनवाले ओवरहेड और वेयरहाउसिंग एवं इन्वेंट्री के कम बोझवाली कंपनियों को तेजी से बढ़ने के लिए बहुत अधिक संसाधनों या बुनियादी ढाँचे की आवश्यकता नहीं होती है।

यह अद्‌भुत व्यवसाय है, जिसे आसानी से पैमाना बनाया जा सकता है। शेयर बाजार में व्यापार को आसान बनाने के लिए या व्यापार को बढ़ाने के लिए कोई अतिरिक्त लागत नहीं है।

□

पोर्टेबल व्यवसाय

पोर्टेबल व्यवसाय का अर्थ है–

छोटे और पर्याप्त रूप से ले जाने या आसानी से ले जाने के लिए और बिजली के तारों द्वारा संलग्न नहीं—

- यह दुनिया में किसी भी समय लैपटॉप स्मार्ट फोन द्वारा संचालित किया जा सकता है। यह दुनिया में सबसे पोर्टेबल व्यवसाय है। कोई भी व्यवसाय इसकी पोर्टेबिलिटी का मुकाबला नहीं कर सकता। यह इतना शानदार व्यवसाय है। आप घर पर हैं तो यह व्यवसाय कर सकते हैं। यदि आप कार्यालय में हैं तो व्यवसाय कर सकते हैं। यदि आप यात्रा कर रहे हैं, तो भी आप व्यवसाय कर सकते हैं। यहाँ तक कि आप शहर से बाहर हैं, या देश से बाहर हैं तो भी आसानी से इस व्यवसाय को कर सकते हैं। इस व्यवसाय के लिए आपको केवल दो लेन-देन की आवश्यकता होती है—या तो शेयरों को खरीदना या बेचना।

इस व्यवसाय को लैपटॉप या स्मार्ट फोन द्वारा करना बहुत आसान है। एप प्रदान करनेवाली ब्रोकिंग कंपनी के एप में बहुत सुविधा है। एप में शेयरों को आसानी से खरीदने या बेचने का विकल्प है। यह दुनिया का सबसे पोर्टेबल व्यवसाय है।

स्टार्टअप की कोई अतिरिक्त लागत नहीं

परिभाषा : एक स्टार्टअप कंपनी या बस, एक स्टार्टअप संचालन के

अपने शुरुआती चरणों में एक उद्यमशील उद्यम है, जिसका उद्देश्य आमतौर पर एक अभिनव उत्पाद या सेवा के साथ वास्तविक जीवन के मुद्दे को हल करना है।

- एक स्टार्टअप एक कंपनी है, जो अपने संचालन के पहले चरण में है। इन कंपनियों को अकसर अपने उद्यमी संस्थापकों द्वारा शुरू में नियंत्रित किया जाता है; क्योंकि वे किसी उत्पाद या सेवा को विकसित करने के लिए भुनाने का प्रयास करते हैं, जिसके लिए उनका मानना है कि यह एक माँग है।
- तो फंडिंग राउंड कैसे काम करते हैं? स्टार्टअप न केवल एकमुश्त नकद राशि जुटाते हैं, बल्कि व्यवसाय ऋण प्राप्त करते हैं और फिर जीवन के लिए स्थापित होते हैं। इनमें से प्रत्येक को 'फंडिंग राउंड' के रूप में जाना जाता है। प्रत्येक दौर को अगले मील के पत्थर या मंच पर जाने के लिए उद्यमियों एवं उनके व्यावसायिक बच्चों को पर्याप्त पूँजी देने के लिए डिजाइन किया गया है।
- व्यापारिक विचारों के निर्माण के लिए बड़े, आसान और तेज पैसे के वादे ने अनगिनत उद्यमियों को अपना हिस्सा लेने और पाने के लिए अपनी टोपी को रिंग में फेंकने के लिए प्रेरित किया और उनके विजन को एक वास्तविकता बना दिया।
- कुछ व्यवसायों के निर्माण के लिए पूँजी जुटाने हेतु और बुलबुले से बाहर निकलने के लिए अपने स्वयं के व्यवसाय बन गए हैं। बेशक, वास्तव में यह उससे थोड़ा अधिक जटिल है और माँग है तो फंडिंग राउंड कैसे काम करते हैं?

एक स्टार्टअप कंपनी अपने उत्पाद या सेवा की कथित माँग के आधार पर, विशेष रूप से गति के साथ, एक नवगठित व्यवसाय है। स्टार्टअप की मंशा किसी खास बाजार के अंतर को संबोधित करनेवाली किसी चीज की पेशकश के परिणामस्वरूप तेजी से बढ़ना है।

किस प्रकार की कंपनी को स्टार्टअप माना जा सकता है, इसका कोई

निश्चित मापदंड नहीं है, लेकिन यह शब्द अकसर उच्च तकनीकवाली कंपनियों पर लागू होता है, जो ऐसे उत्पादों का निर्माण करती हैं, जो प्रौद्योगिकी का लाभ उठाते हैं या किसी नए कार्य को नए तरीके से करते हैं।

कई स्टार्टअप कंपनियों के पास बिक्री के लिए उत्पाद नहीं होते हैं और कई के पास राजस्व स्ट्रीम नहीं होती है। वास्तव में, जब स्टार्टअप को स्टार्टअप माना जाता है तो कोई ठोस नियम नहीं होते हैं। कुछ लोग सुझाव देते हैं कि एक स्टार्टअप ऐसा होता है, जब वह एक निश्चित आकार को हिट करता है, लाभप्रदता के लिए अपना रास्ता पूरा करता है, उच्च स्तर के निवेश फंड प्राप्त करता है, एक सार्वजनिक कंपनी बन जाता है या जिसका एक बड़े निगम द्वारा अधिग्रहण कर लिया जाता है।

अनुदान

स्टार्टअप के संस्थापक अकसर उत्पाद के विकास का नेतृत्व करते हैं और संगठन के व्यवसाय नेता के रूप में कार्य करते हैं। वे अकसर लाभ कमाने के लिए कंपनी को आगे बढ़ाने पर ध्यान केंद्रित करते हैं। वर्ष 2009 तक फेसबुक ने लाभ नहीं कमाया। मार्क जुकरबर्ग ने पाँच साल बाद कंपनी की स्थापना की, जब वह हार्वर्ड यूनिवर्सिटी में एक छात्र थे।

नतीजतन, एक स्टार्टअप को सौंपा गया मूल्य आवश्यक रूप से उन शुरुआती वर्षों के दौरान उत्पन्न वास्तविक राजस्व के साथ मेल नहीं खाता है। इसके बजाय, कंपनी के नेता और निवेशक कंपनी के संभावित मूल्य पर विचार कर सकते हैं, जो कि उत्पन्न होनेवाले मुनाफे पर आधारित है। कुछ संस्थापक अपनी स्वयं की वित्तीय परिसंपत्तियों का उपयोग करके अपनी युवा कंपनियों को बूटस्ट्रैप करते हैं—चाहे स्वामित्व हो या उधार—कंपनी के दिन-प्रतिदिन के संचालन के लिए। दूसरे लोग एंजेल निवेशकों की ओर रुख करते हैं, जब वे शुरू करते हैं और बाद में पूँजीपतियों का उद्यम करते हैं।

इनक्यूबेटरों में कई काम—कार्यक्षेत्र और कार्यालय, जो गैर-लाभकारी या सरकारी संगठनों द्वारा समर्थित हैं, साथ-ही-साथ अन्य संस्थान भी इस

प्रकार के व्यवसायों को बढ़ाने के लिए प्रतिबद्ध हैं, जैसे ये सहायक इकाइयाँ अकसर अनुभवी बिजनेस लीडर्स और सफल उद्यमियों को मार्ददर्शक नेतृत्व उपलब्ध कराती हैं।

स्टार्टअप निवेशकों, स्टार्टअप्स के भीतर संस्थापकों और अन्य नेताओं के साथ, अकसर जब वे अपने स्टार्टअप्स को बड़ी व अधिक स्थापित कंपनियों को बेचते हैं तो वे अपने निवेश को फिर से जमा करते हैं। यह एक बाहर निकलने की रणनीति है। एक और रणनीति स्टार्टअप को सार्वजनिक करने पर जोर देती है। स्टार्टअप भी निजी रहने का विकल्प चुन सकते हैं, उद्यम में पुनर्निवेश के लिए अपने संचित लाभ का उपयोग कर और संस्थापकों व कर्मचारियों को वेतन प्रदान कर सकते हैं।

इक्विटी बाजार में कोई स्टार्टअप लागत नहीं है। इसे 5,000 की न्यूनतम पूँजी के साथ शुरू किया जा सकता है, जैसे राकेश झुनझुनवाला ने अपने कॅरियर की शुरुआत 5,000 रुपए के साथ की थी और बाजार से 15,000 करोड़ रुपए कमाए थे।

शिफ्टिंग की कोई अतिरिक्त लागत नहीं

पश्चिम बंगाल में अब हटा ली गई टाटा मोटर्स परियोजना के प्रतिनिधित्व के रूप में औद्योगीकरण के 'सिंगूर मॉडल' में कई प्रतिगामी विशेषताएँ हैं। पश्चिम बंगाल में वाम मोर्चा सरकार टाटा मोटर्स के नैनो ऑटोमोबाइल कॉम्प्लेक्स के स्थान के लिए अन्य राज्यों के साथ प्रतिस्पर्धा में कंपनी को सब्सिडी देने के लिए गिर गई। इसके अलावा, सरकार ने सिंगूर में अत्यधिक उपजाऊ भूमि की पेशकश करके कंपनी द्वारा माँग की गई भूमि की मात्रा की जाँच नहीं की और भूमि अधिग्रहण अधिनियम को लागू करके अपनी गलती को कम कर दिया, जिससे भू-स्वामियों को कम कीमत पर अपनी भूमि को देने के लिए मजबूर होना पड़ा। इसके मुआवजे के फॉर्मूले को गैर-खेती करनेवाले अनुपस्थित भू-स्वामियों के पक्ष में पक्षपाती और वास्तविक कृषकों, बर्गादारों एवं खेतिहर मजदूरों के प्रति अनुचित था, जो किसानों और

उनके समर्थकों के विरोध को जन्म देता है।

ममता बनर्जी के नेतृत्व में धरने के बाद अगस्त 2008 में टाटा मोटर्स लिमिटेड के सिंगूर कारखाने में निर्माण कार्य शुरू हुआ और पश्चिम बंगाल की वाम मोर्चा सरकार और विपक्ष के बीच अनिर्णायक वार्ता हुई। कंपनी ने अपने संयंत्र स्थानांतरित करके गुजरात ले जाने का फैसला किया। विपक्ष ने इस तरह के परिणाम के लिए मोल-भाव नहीं किया था। 300-400 एकड़ अधिगृहीत भूमि को स्थानीय किसानों को लौटाने की माँग की गई थी और कंपनी कुछ ही दूरी पर सहयोगी उत्पादकों को स्थानांतरित करने के लिए सहमत हो गई कि कारखाने सिंगूर में लग सकते हैं।

इनके लगने से पहले लगभग पूरा होने पर निबंध यह पढ़ता है कि क्या संयंत्र वहाँ रहेगा? वर्ष 2005 के विधानसभा चुनावों में 'विकास' के आदर्श वाक्य के रूप में बड़े पैमाने पर जीत हासिल करने के बाद भारतीय कम्युनिस्ट पार्टी (मार्क्सवादी) के नेतृत्ववाले वाम मोर्चे से संबद्ध बड़े पूँजीपतियों, घरेलू एवं विदेशी, को राजकोषीय के साथ आमंत्रित करने के लिए बाहर गए। अन्य प्रोत्साहन, पश्चिम बंगाल को निवेश के लिए एक प्रमुख गंतव्य बनाने की उम्मीद कर रहे हैं। इसे नौकरियों और समृद्धि के लिए लोगों की आकांक्षा को पूरा करने के एकमात्र तरीके के रूप में देखा गया था। कुछ ही समय बाद सरकार ने शानदार जीत का दावा किया। टाटा मोटर्स लिमिटेड को अपनी 'क्रांतिकारी' छोटी कार परियोजना को पंत नगर, उत्तराखंड से कोलकाता के पास सिंगूर में स्थानांतरित करने के लिए प्रेरित किया गया था।

परियोजना की आंतरिक तकनीकी-आर्थिक योग्यता के अलावा, एक सामान्य अपेक्षा थी कि इसकी सफलता अपने पीछे विभिन्न उद्योगों में कई और परियोजनाओं को लाएगी तथा औद्योगिक उत्पादन एवं रोजगार का कई गुना विस्तार होगा।

कुछ समय के लिए कार को असेंबल किया जाएगा और पंत नगर

(उत्तराखंड में) में टाटा मोटर्स के प्लांट से उतारा जाएगा। यह प्लांट एक महीने में लगभग 5,000 नैनो कारों का उत्पादन कर सकता है (जो सिंगूर संयंत्र की क्षमता से कम है)। सूत्रों ने कहा कि नए मदर प्लांट को तैयार होने में कम-से-कम छह महीने का समय लगेगा और प्लांट की शिफ्टिंग के परिणामस्वरूप घाटा 300 करोड़ रुपए से 400 करोड़ रुपए हो सकता है।

यह प्लांट के स्थानांतरण की एक कहानी है। बहुत सारे उदाहरण हैं, जब हम प्लांट को शिफ्ट करते हैं तो भूमि एवं भवन की बिक्री और खरीदार खोजने जैसी कई चुनौतियाँ होती हैं। रात में अचल संपत्ति बेचना आसान नहीं है। यह कठिन काम है। बुरा चरण यह है कि खरीदार कम कीमत पर बातचीत करता है और मौजूदा बाजार मूल्य पर अचल संपत्ति खरीदने के लिए प्रत्साहित नहीं होता है। वह जमीन और भवन खरीदते समय लाभ कमाना चाहता है।

अन्य चुनौती दूसरी जगह पर और भवन खरीदने की है। जिस स्थान पर आप कुछ समय काम करना पसंद करते हैं, वह बिक्री के लिए उपलब्ध नहीं है तो आपको स्थानों आदि के साथ समझौता करना होगा। संयंत्र को स्थानांतरित करने में भी बहुत खर्च हो रहा है। संयंत्र को शिफ्ट करने के लिए बहुत समय चाहिए। प्लांट की शिफ्टिंग के दौरान उत्पादन में भारी नुकसान होता है। मान लीजिए, आप एक दिन में 10,000 कारें बना रहे हैं और प्लांटों की शिफ्टिंग में अनुमानतः तीन से चार महीने लग सकते हैं। गणना करें कि एक प्लांट महीने में 25 दिन चलता है। फिर हर महीने आप उत्पादन में 2,50,000 यूनिट्स की हानि करते हैं तो चार महीने की अवधि में आप उत्पादन में 10 लाख यूनिट्स की हानि करेंगे।

शेयर मार्केट में शिफ्टिंग कॉस्ट नहीं है। जब भी आप एक जगह से दूसरी जगह शिफ्ट होना चाहते हैं तो आसानी से घूम सकते हैं। आप आसानी से एक देश से दूसरे देश में जा सकते हैं। शिफ्टिंग में एक पैसे का भी नुकसान नहीं होता है।

आसानी से प्रबंधनीय व्यवसाय

- व्यवसाय का प्रबंधन करने के लिए बहुत सारी चुनौतियाँ हैं—भविष्य के बारे में अनिश्चितता, वित्तीय प्रबंधन।
- व्यापार के मामले में बहुत सारी वित्तीय चुनौतियाँ हैं—विक्रेताओं को समय पर भुगतान, देनदारों से भुगतान में देरी, वेतन का समय पर भुगतान, विशाल बाजार क्रेडिट, दैनिक नकद प्रबंधन आदि।

प्रदर्शन मॉनिटरिंग

प्रत्येक व्यवसायी वहाँ व्यापार बढ़ाना चाहता है। प्रदर्शन को बनाए रखने और निगरानी करने के लिए बहुत सारे प्रयास शामिल हैं। कुछ अवांछित घटनाएँ, जैसे—नोटबंदी एवं नया जी.एस.टी. अधिनियम लागू करना आदि व्यवसाय के प्रदर्शन को कम कर सकते हैं।

विनियमन और अनुपालन

प्रत्येक व्यवसाय में व्यक्ति को बहुत सारे व्यवसाय अनुपालन पूरे करने होते हैं। समस्या है कि बहुत कुछ और चुनौतियों को अनुपालन का सामना करना पड़ रहा है। बहुत सारे अनुपालन-व्यापार के लिए आय कर, जी.एस.टी., भविष्य कर्मचारी निधि बीमा, नगर निगम करों आदि को पुनः प्राप्त करने के लिए हैं, जो न केवल सभी अनुपालन को पूरा करते हैं, बल्कि सरकारी कमियों से संबंधित सभी रिकॉर्ड भी रखते हैं और बनाए रखते हैं।

योग्यता और सही प्रतिभा की भरती

व्यवसाय में जब प्रबंधन उम्मीदवार का चयन करता है तो वह जानता है कि वह सही उम्मीदवार है या एन.टी. है और कुछ समय के लिए बहुत सारा पैसा और समय निवेश कर रहा है। यह हमेशा एक चुनौती रहती है कि व्यक्ति व्यवसाय में टिकेगा या नहीं। कई महीनों के बाद वह जान पाता है कि व्यक्ति उस व्यवसाय के लिए सक्षम नहीं है, जिसे वह नए उम्मीदवार के साथ व्यक्ति को बदलने की कोशिश करता है। यह एक लंबी प्रक्रिया है।

इसमें और प्रक्रिया में कई चुनौतियाँ हैं। एक अन्य चुनौती है—सही उम्मीदवार किसी खास वजह से उत्पत्ति छोड़ देता है तो कंपनी के पास नए व्यक्ति की तलाश करने के अलावा कोई विकल्प नहीं होता है। यह पूरी तरह से सर्कल है, जिसका कंपनी नियमित रूप से सामना करती है।

प्रौद्योगिकी

व्यवसाय में एक और चुनौती प्रौद्योगिकी में भारी बदलाव है। आज के समय में हम देख सकते हैं कि तकनीक दिन-प्रतिदिन बदल रही है। बिजनेसमैन के लिए एक और चुनौती टेक्नोलॉजी है। नई तकनीक को अपनाना बहुत महँगा है। उदाहरण के लिए, हम पिछले कई बदलाव देख सकते हैं, जिनमें टेलीविजन है। नई तकनीक को न अपनाने के कारण बहुत सी कंपनियाँ गायब हो गई हैं। हमने देखा है कि टेलीविजन ब्लैक एंड व्हाइट प्रारूप का था और उसके बाद इसमें कई उन्नति हुई; जैसे रंगीन टेलीविजन, एल.सी.डी., एल.ई.डी. इत्यादि।

जैसा कि हम जानते हैं कि नई तकनीक के लिए बहुत अधिक निवेश की आवश्यकता है और पुरानी मशीनों के लिए ही आवश्यक है—अवशिष्ट मूल्य। एक और उदाहरण मोबाइल फोन का है, जहाँ हमने बहुत सारे बदलाव देखे हैं। नई तकनीक भी तेजी से या दिन-प्रतिदिन बदल रही है। ग्राहक हर रोज नई तकनीक चाहता है। सभी को नई लागत के साथ इसे अपनाना होगा। तकनीक के पास अन्य कोई विकल्प नहीं है और इसे स्वीकार करना बहुत चुनौतीपूर्ण है।

डेटा की खोज

- ग्राहक सेवा
- श्रम प्रबंधन
- एच.आर. नीतियाँ।

आसानी से हस्तांतरणीय व्यापार

शेयरों का स्थानांतरण एक पार्टी से दूसरी पार्टी को स्वेच्छा से शेयरों के हस्तांतरण को संदर्भित करता है। शेयरों के हस्तांतरण का अर्थ है—कानून के संचालन द्वारा शेयरों का हस्तांतरण से प्रभावित दलों का कार्य जान-बूझकर। इन्सॉल्वेंसी, डेथ, इनहेरिटेंस। एक शेयर हस्तांतरण मौजूदा शेयरों को एक व्यक्ति से दूसरे में स्थानांतरित करने की प्रक्रिया है—या तो बिक्री के द्वारा या उपहार के द्वारा। एक व्यक्ति के स्वामित्ववाले शेयर दूसरे व्यक्ति को उपहार में दिए जा सकते हैं।

शेयर 'चल संपत्ति' माना जाता है, न अनिवार्य एक उपहार विलेख निष्पादित करने के लिए, जबकि उपहार देने के लिए है। कोई उपहार एक या दूसरे से विचार किए बिना चल या अचल संपत्ति का हस्तांतरण है। एक व्यक्ति के स्वामित्ववाले शेयरों को एक निश्चित प्रक्रिया का पालन करके किसी अन्य व्यक्ति (रिश्तेदार या अन्य को) को उपहार में दिया जा सकता है। चूँकि उपहार देने से एक स्थानांतरण होता है और हस्तांतरण बिना किसी विचार के होता है, इसलिए इस तरह का हस्तांतरण 'ऑफ मार्केट ट्रांसफर' तंत्र का उपयोग करके किया जा सकता है।

वितरण निर्देश पर्ची (DIS)

शेयरों के दाता को एक डी.आई.एस. भरना होता है और डिपॉजिटरी पार्टिसिपेंट (डी.पी.) के पास जमा करना होता है। इसमें डी.पी. आई.डी., डी.पी. नाम की क्लाइंट आई.डी. व नाम, आई.एस.आई.एन. और स्थानांतरित किए जानेवाले शेयरों की संख्या का उल्लेख होना चाहिए। निष्पादन की तारीख का उल्लेख किया जाना चाहिए। यह डी.पी. के लिए एक निर्देश है।

प्राप्ति निर्देश को एक रसीद निर्देश भरना होगा और उसे अपने डी.पी. को जमा करना होगा। रसीद निर्देश प्राप्त होने के बाद दाता के डी.पी. से प्राप्त शेयरों को डी.पी. खाते में जमा किया जाएगा। उसमें डी.पी. आई.डी., नाम जैसे विवरणों का उल्लेख किया जाना चाहिए।

प्रक्रिया

DIS या प्राप्ति निर्देश प्राप्त होने के बाद डुप्लिकेट प्रतिलिपि संबंधित पक्षों को वापस कर दी जाती है। वितरण निर्देश और रसीद निर्देश में उल्लिखित विवरण होना चाहिए।

नोट करने के लिए अंक

* एक बार जब कोई उपहार दिया जाता है तो यह रिवोकेबल नहीं होता है।

आनंददायक व्यवसाय

यह सबसे अधिक आनंददायक व्यवसाय है, जब आप समझते हैं कि बाजार में कैसे निवेश किया जाए और बाजार से पैसे कमाए जाएँ तो आप यहाँ आनंद का अनुभव करेंगे। आप सिस्टम को जानते हैं और बाजार से पैसा कमा रहे हैं। यहाँ आपका पैसा आपके काम आता है।

सहायक व्यवसाय

यह भी सहायक व्यवसाय है। मान लीजिए कि आप जानते हैं कि बाजार में निवेश कैसे किया जाता है और आप बाजार से पैसा कमा रहे हैं तो आप दूसरों को बाजार से पैसा बनाने में मदद करेंगे। यदि आप दूसरों के लिए कुछ देते हैं तो आप दाता बन जाएँगे और जो दूसरों को दे रहे हैं, वह कहीं-न-कहीं ब्रह्मांड से प्राप्त कर रहे हैं, वह आपके लिए अपने रास्ते खोल देता है।

कार्यालय से स्वतंत्रता

इस व्यवसाय में आपको कार्यालय बनाने या न बनाने की स्वतंत्रता है। आपको अपने मोबाइल और लैपटॉप से जब चाहे निवेश करना होगा और कार्यालय नहीं खोलने तथा कर्मचारियों को बनाए रखने की आवश्यकता

होगी। मान लीजिए कि आपके पास किसी कंपनी की ब्रोकरशिप है या आपके पास शेयर मार्केट से संबंधित अन्य गतिविधि है तो यह ठीक है, अन्यथा आपको कार्यालय खोलने की आवश्यकता नहीं है। जब भी आप उन शेयरों को खरीदना या बेचना चाहते हैं, आपको मोबाइल या लैपटॉप का इस्तेमाल करना होगा।

समय की स्वतंत्रता

इस व्यवसाय में आपको समय की स्वतंत्रता है। आपको कार्यालय जाने और पूरे दिन काम करने की आवश्यकता नहीं है। आपके पास काम करने की स्वतंत्रता है। जब भी आप काम करना चाहते हैं, आप काम कर सकते हैं। दो तरह के काम हैं, जैसे स्टॉक को पढ़ना और ढूँढ़ना। इसे आप कभी भी कर सकते हैं। यदि आप स्टॉक का व्यापार करना चाहते हैं अथवा उस शेयर को खरीदना या बेचना चाहते हैं तो आप बाजार समय के दौरान कभी भी कर सकते हैं।

कर्मचारियों से स्वतंत्रता

इस व्यवसाय में आपको कर्मचारियों से स्वतंत्रता है। आपको कर्मचारियों की आवश्यकता नहीं है और वेतन का भुगतान भी नहीं करना पड़ता। स्टाफ को सँभालना और उनकी भरती करना भी एक बड़ी चुनौती है।

उत्पाद की स्वतंत्रता

इस व्यवसाय में आपको किसी भी उत्पाद का निर्माण न करने की स्वतंत्रता है। आपके द्वारा निवेश की गई कंपनी प्रमुख रूप से उत्पादों का

निर्माण कर रही है। आपको केवल स्टॉक की निगरानी और कंपनी के प्रदर्शन की निगरानी करनी है। आप किसी भी उत्पाद के निर्माण के लिए स्वतंत्र हैं।

सेवा से स्वतंत्रता

इस व्यवसाय में आपको दूसरों को कोई भी सेवा प्रदान नहीं करने की स्वतंत्रता है। आपके द्वारा निवेश की गई कंपनी प्रमुखता से सेवाएँ प्रदान कर रही है। आपको केवल स्टॉक की निगरानी और कंपनी के प्रदर्शन की निगरानी करनी है। आप किसी को कोई भी सेवा प्रदान करने के लिए स्वतंत्र हैं।

व्यापारिक साझेदारी

इस व्यवसाय में जब भी आप किसी कंपनी के शेयर खरीदते हैं तो इसका मतलब होता है कि आप उस हिस्से के मालिक हैं। जब भी आपके

पास शेयर का स्वामित्व हो तो इसका मतलब है कि आपके पास उस कंपनी का स्वामित्व भी है। मान लीजिए कि आप XYZ Ltd का एक हिस्सा खरीद रहे हैं। इसका मतलब है कि आप उस कंपनी में पार्टनरशिप कर रहे हैं। बड़े निवेशक व्यापार में निवेश करते हैं तो वहाँ पकड़ और साझेदारी धीरे-धीरे बढ़ती है।

केवल नकद व्यापार

यह एकमात्र नकद कारोबार है। इसका मतलब है कि जब आपने शेयर बेचे तो आपको अपने बैंक में भुगतान मिलेगा। यह लेन-देन डिपॉजिटरी, एक्सचेंज और दलालों की देखरेख में किया जाता है। यह केवल नकद व्यवसाय है। कोई यह नहीं कहेगा कि मैं एक सप्ताह या महीने के बाद पैसे का भुगतान करूँगा। अन्य व्यवसाय में बहुत सारे क्रेडिट्स शामिल हैं। यह केवल नकद कारोबार है।

किसी भी समय प्रवेश

इस व्यवसाय में आप किसी भी समय प्रवेश कर सकते हैं, किसी भी उम्र में प्रवेश कर सकते हैं। जब भी आप शेयर खरीदना चाहते हैं, आप शेयर आसानी से खरीद सकते हैं। हाँ, डीमैट खाता खोलने के लिए 18 वर्ष की उम्र होना अनिवार्य है।

किसी भी समय बाहर निकलें

इस व्यवसाय में आप किसी भी समय बाहर निकल सकते हैं। बाजार से बाहर निकलने के लिए समय की आवश्यकता नहीं है। जब भी आप बाजार से बाहर निकलना चाहते हैं, आपको आपने सभी शेयर बाजार में बेच देने हैं और आप बाजार से बाहर निकल जाते हैं। अन्य व्यवसाय में आपको व्यवसाय से बाहर निकलने के लिए बहुत समय चाहिए होता है। मान लीजिए, आपने कोई कारखाना लगा रखा है और आप उससे बाहर निकलना चाहते हैं, तो आपको खरीदार ढूँढ़ना होगा। संपत्ति बेचना किसी के भी लिए एक और भारी काम है। संपत्ति का खरीदार खोजना बहुत मुश्किल काम है और संयंत्र एवं मशीनरी को बेचना भी कठिन काम होता है। कर्जदारों से पैसे वसूलना

मुश्किल काम है, फिर आपको सरकारी अनुपालन भी करना होगा, जिसमें चुनौतियाँ बहुत हैं।

बाजार क्रेडिट की आवश्यकता नहीं

इस व्यवसाय में आपको क्रेडिट की आवश्यकता नहीं है। अन्य व्यापार में बहुत सारे क्रेडिट्स की आवश्यकता होती है। एक बार जब आप शेयरों को बेच देते हैं तो एक्सचेंज व ब्रोकर आपके भुगतान का ध्यान रखते हैं और धनराशि सीधे आपके बैंक खाते में जमा हो जाती है।

कोई क्रेडिट अवधि नहीं

इस व्यवसाय में आपको किसी क्रेडिट अवधि की आवश्यकता नहीं है। अन्य व्यवसाय में बहुत सारी क्रेडिट अवधि की आवश्यकता होती है। क्रेडिट अवधि की सीमा आमतौर पर एक सप्ताह से तीन महीने तक होती है। मैंने कई मामलों में देखा है, जिसमें व्यापार पर छह महीने की क्रेडिट अवधि दी जा रही है। अन्य व्यवसायों में यह बहुत बुरी स्थिति है। एक बार जब आप शेयरों को बेच देते हैं तो एक्सचेंज एवं ब्रोकर आपके भुगतान का ध्यान रखते हैं और धनराशि आपके बैंक खाते में सीधे जमा की जाती है।

कोई क्रेडिट जोखिम नहीं

इस व्यवसाय में आपको कोई क्रेडिट जोखिम नहीं है। अन्य व्यवसाय में जब व्यापार मालिक क्रेडिट देता है, तो कुछ संभावना होती है कि भुगतान ठीक नहीं होगा। इस व्यवसाय में भुगतान के नुकसान की शून्य प्रतिशत संभावना है। एक्सचेंज और ब्रोकर आपके भुगतान का ध्यान रखते हैं और धनराशि सीधे आपके बैंक खाते में जमा की जाती है।

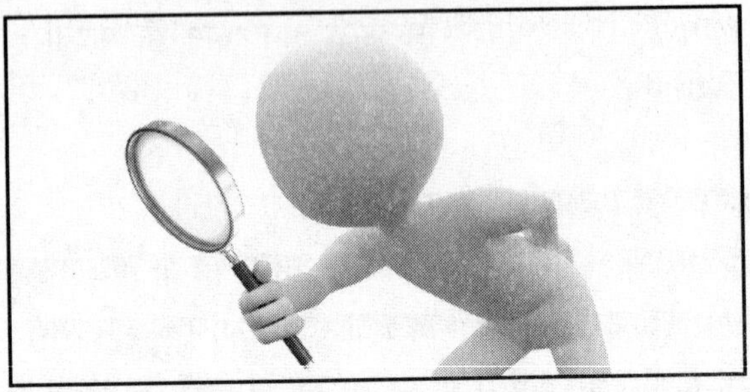

क्रेता खोजने की आवश्यकता नहीं

इस व्यवसाय में आपको खरीदार खोजने की आवश्यकता नहीं है। यह शानदार व्यवसाय है, जिसमें विनिमय आपके लिए खरीदार ढूँढ़ते हैं। एक बार जब आप शेयर को बेचना चाहते हैं और आदेश पारित कर देते हैं तो एक्सचेंज खरीदारों को दिखाएगा और आपके द्वारा उद्धृत मूल्य पर खरीदार द्वारा सौदा निष्पादित होता है। अन्य व्यवसाय में खरीदार को खोजने के लिए बहुत सारे प्रयासों की आवश्यकता होती है और फिर आपको उस कीमत पर बातचीत करने के लिए प्रयास करना होता है, जिस कीमत पर आप उसे बेचना चाहते हैं। यह एक शानदार व्यवसाय है।

विक्रेता को खोजने की आवश्यकता नहीं

इस व्यवसाय में आपको विक्रेता को भी खोजने की आवश्यकता नहीं है। यह शानदार व्यवसाय है, जिसमें एक्सचेंज आपके लिए विक्रेता ढूँढ़ता है।

एक बार जब आप शेयरों को खरीदना चाहते हैं और आदेश पारित कर देते हैं तो एक्सचेंज विक्रेता को दिखाएगा और आपके द्वारा उद्धृत मूल्य पर विक्रेता द्वारा सौदा निष्पादित होता है।

आमतौर पर खरीदार मौजूदा बाजार मूल्य की पेशकश करता है, जो विक्रेता को छोड़कर होता है। अन्य व्यवसाय में विक्रेता को खोजने के लिए बहुत सारे प्रयासों की आवश्यकता होती है और फिर आपको उस मूल्य पर बातचीत करने के लिए प्रयास करना पड़ता है, जिस मूल्य पर आप खरीदना चाहते हैं। यह हर व्यवसाय का बहुत कठिन हिस्सा है। किसी भी व्यवसाय में विक्रेता को खोजना बहुत चुनौतीपूर्ण कार्य है; पर यहाँ पर ऐसा कुछ नहीं है। यह एक बहुत ही शानदार व्यवसाय है।

वॉल्यूम खरीदने/बेचने का कोई जोखिम नहीं

इस व्यवसाय में वॉल्यूम खरीदने और बेचने का कोई जोखिम नहीं है। जब आप वॉल्यूम में स्टॉक खरीदते हैं तो कोई नहीं जानता कि आप क्या कर रहे हैं? वे सभी लेन-देन ऑनलाइन हैं और भुगतान सीधे बैंक से स्थानांतरित होते हैं। अन्य व्यवसाय में आप अगर वॉल्यूम व्यवसाय कर रहे हैं तो बहुत

बड़ी चुनौती है कि सामान को स्थानांतरित करने के लिए बहुत सारी बैठकों की आवश्यकता होती है और इसमें बहुत समय लगेगा। इस व्यवसाय में कोई जोखिम नहीं है।

यह मिनिमम कैपिटल के साथ शुरू हो सकता है

यह व्यवसाय आप न्यूनतम 100 रुपए या 1,000 रुपए या जो कुछ भी आप चाहें, उस पूँजी के साथ शुरू कर सकते हैं। कृपया मुझे कोई अन्य व्यवसाय बताएँ, जो 100 रुपए की पूँजी के साथ शुरू हो सकता है।

कोई जोखिम और नुकसान नहीं

इस व्यवसाय में कोई जोखिम या नुकसान नहीं है। नुकसान और जोखिम को कम करने के अन्य व्यापार में बहुत सारी चुनौतियाँ हैं। मान

लीजिए, विभिन्न कारणों से एयरटेल कंपनी भारी घाटे का सामना कर रही है और कारोबार बंद करना चाहती है। व्यवसाय को बंद करना आसान नहीं है। बाजार में हर व्यवसाय का कुछ श्रेय होता है। जब यह समाचार फैलता है कि आप अपना व्यवसाय बंद कर रहे हैं तो कोई भी आपको भुगतान नहीं करेगा। बाजार में ऋण देनदारों द्वारा जब्त कर लिया जाएगा।

डीमैट (DEEMAT) खाते के साथ कोई धोखाधड़ी नहीं

इस व्यवसाय में धोखा या धोखाधड़ी की संभावना शून्य है। एक बार शेयर खरीदने के बाद शेयर डीमैट फॉर्म में होते हैं। एक ही शेयर आप डीमैट अकाउंट में दरशाएँगे और एक बार जब आप शेयर बेचेंगे तो दूसरी पार्टी के डीमैट अकाउंट में दिखाएँगे। कोई यह नहीं कहेगा कि मैं शेयर नहीं दे रहा हूँ। यह 100 प्रतिशत फुल प्रूफ सिस्टम है। धोखाधड़ी होने की संभावना शून्य प्रतिशत है।

कोई सरकारी अनुपालन नहीं

- जैसे आय कर, जी.एस.टी., पी.एफ./ई.एस.आई. आदि।
- इस व्यवसाय में सरकारी अनुपालन दुर्लभ हैं। अन्य व्यापारों में बहुत सारे सरकारी अनुपालन होते हैं; जैसे आय कर, बिक्री कर, भविष्य निधि, कर्मचारी राज्य बीमा निगम और कई अन्य अनुपालन हैं। कुछ समय के लिए यह बहुत जटिल प्रक्रिया है। इस व्यवसाय में शॉर्ट टर्म कैपिटल गेन या लॉन्ग टर्म कैपिटल गेन को छोड़कर कोई सरकारी अनुपालन नहीं है। यह एक ऐसा व्यवसाय है, जिसमें आप बहुत ही कम नियमों का पालन करते हैं।

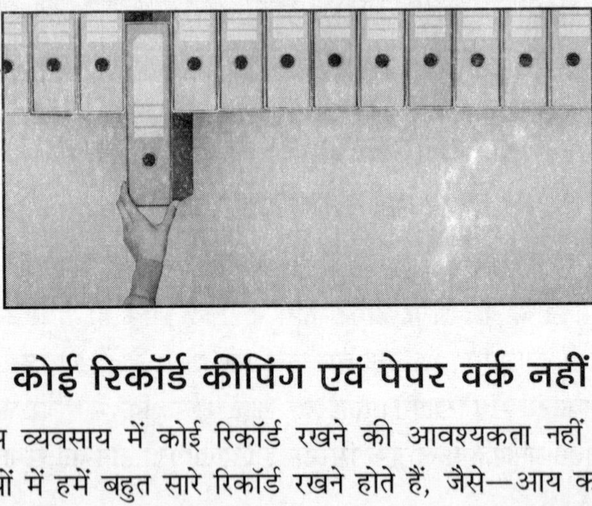

कोई रिकॉर्ड कीपिंग एवं पेपर वर्क नहीं

इस व्यवसाय में कोई रिकॉर्ड रखने की आवश्यकता नहीं है। दूसरे व्यवसायों में हमें बहुत सारे रिकॉर्ड रखने होते हैं, जैसे—आय कर, बिक्री

कर और अन्य रिकॉर्ड भी। अभिलेखों को बनाए रखने के लिए कई व्यवसाय स्वामी लेखाकार हैं। यह आपके डीमैट खाता सेवा-प्रदाता द्वारा देखभाल करेगा। सभी रिकॉर्ड आपके डीमैट खाते में हैं।

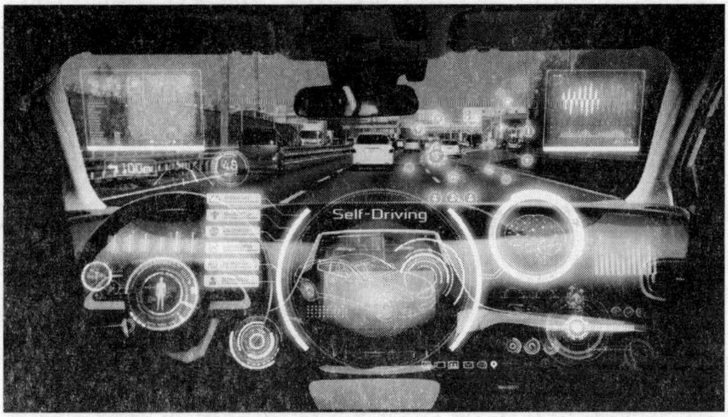

ऑटो पायलट मोड पर व्यापार

मैंने देखा है कि बहुत से व्यवसायी चाहते हैं कि ऑटो पायलट मोड पर व्यापार होना चाहिए। यह किसी भी व्यवसाय के लिए अच्छा विचार है। वर्तमान परिदृश्य में बहुत सारी पुस्तकें और वीडियो उपलब्ध हैं! जो इस बात का समाधान प्रदान करते हैं कि आप अपने बिना व्यवसाय कैसे चला सकते हैं? बाजार में बहुत माँग है, इसलिए बहुत से प्रशिक्षक या कोच वहाँ मौजूद हैं, जो ऑटो पायलट मोड पर व्यवसाय चलाने के लिए प्रशिक्षण देते हैं।

वे इस प्रकार की तकनीक में प्रशिक्षित करने के लिए आपसे लाखों रुपए वसूल रहे हैं। कोई शक नहीं कि यह एक अच्छी तकनीक है और मैं यह नहीं कह रहा कि यह गलत है। यह ऑटो पायलट मोड व्यवसाय है। आप पूरा दिन काम नहीं करते हैं। मैंने बहुत सारे बिंदुओं को समझाया है कि आपको इसके लिए किसी भी कर्मचारी की आवश्यकता नहीं है और दैनिक आधार पर एक घंटे से अधिक काम नहीं करना है। यह इस बाजार में काम करने के लिए पर्याप्त है। एक बार जब आप विशेषज्ञ बन जाएँगे

और पूँजी का निवेश करेंगे तो आपको दिन में आठ से दस घंटे काम करने की आवश्यकता नहीं है। विश्लेषण और व्यापार करने के लिए दिन में केवल एक घंटे काम करें। उसके बाद आपको उस पोर्टफोलियो को बनाए रखने के लिए तिमाही आधार पर काम करना होगा। बाजार में काम करने के लिए तीन महीने में दो से तीन घंटे पर्याप्त हैं। मान लीजिए कि आप निवेश करने के लिए स्टॉक ढूँढ़ना चाहते हैं तो हम कुछ सिद्धांत प्रदान करेंगे, जो निश्चित रूप से काम करते हैं और आप कुछ घंटे काम करने के बाद स्टॉक को खोजने में सक्षम हो जाएँगे। यह समय-समय पर होता है, जिसकी आपको महीने में एक या दो बार ही आवश्यकता होती है।

शेयर बाजार के लाभों को जानने व समझने के बाद आप आसानी से समझ सकते हैं कि यह दुनिया का अद्भुत व्यवसाय है। दुनिया में किसी भी व्यवसाय में इतना लाभ नहीं है। शेयर बाजार का कारोबार बहुत बड़ा कारोबार है। मैंने अन्य व्यवसायों में इतने लाभों को नहीं देखा है। कुछ व्यवसायी क्रेडिट इकट्ठा करने के लिए संघर्ष कर रहे हैं और कुछ मैन पावर से जूझ रहे हैं तथा कुछ को सरकारी विभाग के अनुपालन के लिए बहुत अधिक चुनौती का सामना करना पड़ रहा है।

चुनौती और शेयर बाजार के बहुत सारे व्यवसाय होने के कारण केवल चुनौती को ठीक से समझना है। भारत में बहुत से लोग बाजार से नुकसान उठा रहे हैं, क्योंकि वे बाजार से अवगत नहीं हैं। वे नहीं जानते कि शेयर बाजार से आय और संपत्ति कैसे बनाई जाए? हम बाजार में काम करने और बाजार से करोड़पति व अरबपति बनने के लिए जितना संभव हो, उतना समझाने की कोशिश कर रहे हैं।

वैश्विक महामारी कोरोना, कोविड-(19/2020) से सामना

वर्ष 2020 में पूरी दुनिया वैश्विक महामारी कोरोना, कोविड-(19/2020) का सामना कर रही है। एक-एक कारोबार बंद हो गया। हर देश और राज्य में तालाबंदी की स्थिति थी। हर कोई भयानक स्थिति का सामना कर रहा था। हर कोई अपने घरों में था और घर से बाहर जाने की अनुमति नहीं थी। लगभग हर

देश इस वायरस के अधीन था और उस समय कई लोग संक्रमित थे।

उस समय कोई भी व्यवसाय नहीं खुला था। सभी व्यवसाय, कारखाने, कार्यालय व दुकानें बंद हो गई थीं; लेकिन एकमात्र स्थान जहाँ लोग पैसा कमा रहे थे, वह शेयर बाजार था। जो निवेशक जानता है कि शेयर बाजार से पैसा कैसे बनाया जाता है, वह अपने लैपटॉप/मोबाइल से बहुत कम समय के साथ घर से काम कर रहा था और पैसा कमा रहा था। बाजार निवेशकों को बहुत सारे अवसर दे रहा था और निवेशक, जो बाजार को समझता है, वह अवसर का लाभ उठा रहा था।

मनी सेविंग टिप्स

जन्मदिन/शादी की सालगिरह

अपने परिवार में हम वर्ष में कम-से-कम चार जन्मदिन मनाते हैं। विभिन्न मौकों पर शेयर बाजार में कुछ राशि का निवेश भी करें। हमें लगता है कि हमारे पास हमारे बच्चों के जन्मदिन के अवसर पर 10,000 रुपए खर्च करने का बजट है तो हमें उस निधि को 5,000 में प्रबंधित करना होगा और अन्य 5,000 रुपए शेयर बाजार में लगाने के लिए तैयार हैं। यदि हम प्रत्येक जन्मदिन पर 5,000 रुपए बचाते हैं तो वर्ष में 20,000 रुपए बचा सकते हैं और हम वह राशि शेयर बाजार में निवेश कर सकते हैं। हम शादी की सालगिरह पर भी 5,000 रुपए बचा सकते हैं। इससे आपको 25,000 रुपए की अतिरिक्त बचत होती है।

वार्षिक यात्रा व्यय

हम सभी वर्ष में अपने दोस्तों और परिवारों के साथ छुट्टियों में घूमने के लिए जाते हैं, जैसा कि हम जानते हैं कि इसमें बहुत पैसा खर्च होता है। इसमें हम जो कर सकते हैं, वह यह कि हम केवल भारत में छोटी यात्राएँ करें और निवेश के लिए राशि बचाएँ। मान लीजिए, हमारे पास रुपए का बजट है 50,000, तो इसमें हमें अपने यात्रा बजट से कम-से-कम 10,000 रुपए की बचत करनी होगी और उस राशि को शेयर बाजार में निवेश करना होगा, जो हमें भारी लाभ देगा और आपके धन एवं वित्तीय भविष्य का निर्माण करेगा।

टाइम स्टोरी का महत्त्व

बंदर की कहानी

एक बार की बात है। एक बंदर था। वह कई वर्षों तक भगवान् की पूजा करता रहा। एक दिन भगवान् प्रकट हुए और बंदर से पूछा कि तुम्हें क्या चाहिए? बंदर ने कहा कि मैं राजकुमार बनना चाहता हूँ। भगवान् बोले, "ठीक है, लेकिन एक शर्त है। चार दिनों के बाद तुम पल भर के लिए आसमान में पूर्णिमा देखोगे। उस पल तुम पेड़ के पास जाना और उस तालाब में कूदना, जो पेड़ के नीचे है, तो तुम निश्चित रूप से राजकुमार बन जाओगे।"

भगवान् की यह बात सुनकर बंदर बहुत खुश हुआ। वह दूसरे बंदर के

पास गया और सभी बंदरों को वह कहानी सुनाई। उसे सुनकर सभी बंदर खुश हो गए। वह दिन आ गया, जब बंदर राजकुमार बनेगा। सभी बंदर एक साथ पेड़ पर बैठे और समय का इंतजार करने लगे। जिस बंदर को आसमान देखना होता है, वह उस समय का इंतजार करता है, जब चंद्रमा पूरा होता है।

कुछ समय बाद वह क्षण आया, जब चंद्रमा पूर्ण रूप ले चुका था। तभी उस बंदर ने तालाब में छलाँग लगा दी। सभी बंदर उस क्षण का इंतजार कर रहे थे, जिस क्षण बंदर राजकुमार बन जाएगा और सोच रहे थे कि ऐसा होगा या नहीं। जब वह राजकुमार बन गया, अन्य बंदर भी तालाब में कूद गए।

समय बीतने के बाद कोई और बंदर राजकुमार नहीं बना

पाठ : शेयर बाजार में निवेश और निकास का उचित समय है। यदि आप अन्य के लिए इंतजार करते हैं तो आप पैसा खो सकते हैं या पैसा बनाने का अवसर चूक सकते हैं।

मौलिक विश्लेषण

मौलिक विश्लेषण बहुत व्यापक विषय है। विवरण की जानकारी प्रदान करने के लिए किसी अन्य पुस्तक की आवश्यकता होती है। भविष्य में हम

मौलिक विश्लेषण पर पुस्तक केवल उन लोगों के लिए लिखेंगे, जो इस पर अधिक अध्ययन चाहते हैं। हम संक्षेप में पहलुओं को कवर करेंगे, ताकि हर कोई समझ सके और शेयर बाजार से आसानी से पैसा बना सके।

सबसे पहले हमें मौलिक विश्लेषण के बारे में बताना होगा। हम इस भाग में प्रमुख बातों को शामिल करेंगे। हम मौलिक विश्लेषण के बारे में संक्षेप में बताएँगे, जैसे कि यह बहुत व्यापक विषय है और अगर हम अच्छी तरह से समझाएँगे तो यह एक और पुस्तक का रूप लेगा, या यह पुस्तक बहुत लंबी हो सकती है। हम इस विश्लेषण को संक्षेप में कवर करेंगे, जो किसी के लिए भी समझना आसान होगा।

स्टॉक का चयन करने के लिए मौलिक विश्लेषण बहुत महत्त्वपूर्ण हिस्सा है। अगर हम कंपनी का मौलिक रूप से काम करते हैं तो कोई हमें नहीं हरा पाएगा। निवेश करने से पहले मौलिक विश्लेषण के बारे में बहुत गहराई से समझना होगा। मौलिक विश्लेषण शेयर बाजार की रीढ़ है।

मौलिक विश्लेषण के लिए बहुत सारे विवरणों की आवश्यकता होती है। अगर हम पूरी तरह से समझाना चाहते हैं तो एक और पुस्तक की रचना करनी पड़ सकती है। अगर निवेशक अधिक अध्ययन करना चाहता है तो मैं मौलिक विश्लेषण पर एक और पुस्तक लिखूँगा। एक बार जब आप पुस्तक पढ़ लेते हैं तो समझने के लिए कुछ चीजें बहुत आसान होती हैं और कुछ को समझना बहुत मुश्किल होता है। आमतौर पर सामान्य निवेशक शेयर बाजार में काम करनेवाली बुनियादी चीजों को चाहता है।

शेयर बाजार में बहुत सारे सिद्धांत और सिद्धांतों की व्याख्या की गई है। मेरा मानना है कि आमतौर पर निवेशक बहुत सारी चीजों को भ्रमित करेंगे। भारत में पढ़ने का शौक बहुत कम है। बहुत सारी प्रसिद्ध पुस्तकों में हमने देखा है कि इसकी उत्पत्ति विकसित देश से हुई थी। यदि भारत के लोगों में पढ़ने की आदत और विकसित होती है तो वे अपने जीवन में अधिक मूल्य जोड़ेंगे। भारत में बहुत से लेखकों ने विभिन्न विषयों पर

इतनी शानदार पुस्तकें लिखी हैं, लेकिन कुछ ही प्रसिद्ध हैं। इस प्रकार की पुस्तकों में एक भी ऐसी प्रेरक पुस्तक नहीं है, जो शेयर बाजार में वास्तविक पैसा बनानेवाली पुस्तक हो। हम आपको मूलभूत विश्लेषण को समझने के लिए आवश्यक चीजें प्रदान करते हैं, ताकि हर कोई शेयर बाजार से पैसा कमा सके।

शेयर मार्केट में बहुत सारी वेबसाइट्स हैं। हम bseindia.com पर भरोसा करते हैं, क्योंकि यह बॉम्बे स्टॉक एक्सचेंज की आधिकारिक वेबसाइट है और डेटा बहुत प्रामाणिक तथा मौलिक है, जो कंपनियों द्वारा प्रदान किया जाता है। अन्य वेबसाइट पर तारीख के साथ मामूली बदलाव हो सकते हैं और जानकारी को गलत साबित कर सकते हैं।

विभिन्न प्रकार की मौलिकताएँ हैं, लेकिन यह आई.टी. युग है और हमारे पास मोबाइल व लैपटॉप हैं और हम इन सभी के साथ बहुत अनुकूल हैं; क्योंकि हम यहाँ सभी कार्य करते हैं। यही कारण है कि हमने वेबसाइट से हर बात को समझाया है, क्योंकि यह आज के समय में बहुत प्रभावी तरीका है। हम उपयोगकर्ता के अनुकूल प्रणाली के अनुसार मौलिक विश्लेषण प्रदान कर रहे हैं। यह मूल सिद्धांतों का विश्लेषण करने के लिए सबसे अनुकूल विज्ञापन प्रभावी-प्रणाली है। हम उन शर्तों को समझाने की कोशिश कर रहे हैं, जो हम आमतौर पर अपने दैनिक जीवन में उपयोग करते हैं। कुछ जानकारियाँ केवल जागरूकता के लिए प्रदान की जाती हैं। बुनियादी बातों के विश्लेषण में हम सबसे महत्त्वपूर्ण भाग को कवर करेंगे, जिसे आपको हर समय लागू करना होगा।

एक बार जब आप bseindia.com खोलते हैं तो आपको निम्नांकित स्क्रीन दिखाई देगी

जैसा कि यह कंप्यूटर युग है और हर कोई मोबाइल एवं लैपटॉप का इस्तेमाल करता है। हमारी पीढ़ी मोबाइल का प्रयोग करती है। वे मोबाइलों से सबकुछ करना चाहते हैं, इसलिए हम इसे लैपटॉप या मोबाइल के अनुसार समझाते हैं। अब हम तकनीक पर काम कर रहे हैं, इसलिए हमें उन सामान्य शब्दों का परिचय देना है, जो हम स्क्रीन पर देखते हैं।

पिछला बंद

'पिछला बंद' एक सुरक्षा के समापन समय पर संदर्भित होने की पूर्ववर्ती अवधि पर है। 'पिछला बंद' हमेशा सुरक्षा के पहले दिन की अंतिम कीमत को संदर्भित करता है, जब बाजार आधिकारिक तौर पर दिन के लिए बंद हो जाता है।

उद्घाटन मूल्य

'उद्घाटन मूल्य' वह कीमत है, जिस पर एक ट्रेडिंग दिवस पर एक्सचेंज के उद्घाटन पर पहली बार एक सुरक्षा; उदाहरण के लिए, बॉम्बे स्टॉक एक्सचेंज (BSE) सुबह 9:15 बजे खुलता है।

उच्च

'उच्च'—किसी निश्चित समय में उच्चतम मूल्य का मतलब है। 'कम'—दी गई अवधि में सबसे कम कीमत का मतलब है। 'लॉन्ग'—मूल रूप से तब होता है, जब आपको लगता है कि कोई शेयर ऊपर जा रहा है और आपके पास कंपनी के शेयर हैं।

कम

कम—दी गई अवधि में सबसे कम कीमत का मतलब है। लॉन्ग—मूल रूप से तब होता है, जब आपको लगता है कि कोई शेयर ऊपर जा रहा है और आपके पास कंपनी के शेयर हैं। लघु—जब आप सोच रहे हैं कि सुरक्षा कम हो जाएगी तो आप सुरक्षा के खिलाफ शर्त लगाते हैं।

उच्चतम

उच्चतम किसी निश्चित समय में सर्वोच्च मूल्य का मतलब है। कम—दी गई अवधि में सबसे कम कीमत का मतलब है। लगभग—मूल रूप से तब होता है, जब आपको लगता है कि कोई शेयर ऊपर जा रहा है और आपके पास कंपनी के शेयर हैं। कम—दी गई अवधि में सबसे कम कीमत का मतलब है। लघु—जब आप सोच रहे हैं कि सुरक्षा कम हो जाएगी तो आप सुरक्षा के खिलाफ शर्त लगाते हैं।

52 वीक हाई

52 सप्ताह का उच्चतम मूल्य है, जिस पर पिछले वर्ष के दौरान किसी शेयर का कारोबार हुआ है। यह कुछ व्यापारियों व निवेशकों द्वारा उपयोग किया जानेवाला एक तकनीकी संकेतक है, जो 52 सप्ताह के उच्च मूल्य को स्टॉक के वर्तमान मूल्य का निर्धारण करने और भविष्य के मूल्य आंदोलन की भविष्यवाणी करने में एक महत्त्वपूर्ण कारक के रूप में है।

52 सप्ताह कम

52 सप्ताह का निचला मूल्य—वह सबसे कम मूल्य है, जिस पर पिछले

वर्ष के दौरान किसी शेयर ने कारोबार किया है। यह कुछ व्यापारियों व निवेशकों द्वारा उपयोग किया जानेवाला एक तकनीकी संकेतक है, जो किसी शेयर के वर्तमान मूल्य का निर्धारण करने और भविष्य के मूल्य आंदोलन की भविष्यवाणी करने में 52 सप्ताह के निचले हिस्से के एक महत्त्वपूर्ण कारक के रूप में है।

ऊपरी मूल्य बैंड

ऊपरी मूल्य बैंड एक मूल्य स्थापित विधि है, जिसमें एक विक्रेता एक ऊपरी और कम लागत सीमा, जो बीच खरीदारों में बोलियाँ लगाने में सक्षम है, इंगित करता है। मूल्य बैंड का उच्चतम और न्यूनतम खरीदारों को मार्गदर्शन प्रदान करते हैं। इस प्रकार की नीलामी मूल्य-निर्धारण तकनीक कहलाती है। यह विशेष स्टॉक के प्रमुख उतार-चढ़ाव को भी रोक देता है। ऊपरी मूल्य बैंड उस कीमत को भी रोक देता है, जो विशेष रूप से सुरक्षा अन्यथा कीमत उस स्तर तक बढ़ सकती है। यह एक बुनियादी नियंत्रण प्रणाली है।

लोअर प्राइस बैंड

'लोअर प्राइस बैंड' एक मूल्य-निर्धारण विधि है, जिसमें एक विक्रेता ऊपरी और निचली लागत सीमा को इंगित करता है, जिसके बीच खरीदार बोली लगाने में सक्षम होते हैं। मूल्य बैंड उच्चतम और न्यूनतम खरीदारों को मार्गदर्शन प्रदान करते हैं। इस प्रकार की नीलामी 'मूल्य-निर्धारण तकनीक' कहलाती है। यह विशेष स्टॉक के प्रमुख उतार-चढ़ाव को भी रोक देता है। लोअर प्राइस बैंड उस कीमत को भी रोक देता है, जो विशेष सुरक्षा करती है, अन्यथा कीमत उस स्तर से पहले गिर सकती है। यह एक बुनियादी नियंत्रण प्रणाली है।

2 सप्ताह औसत मात्रा

2 सप्ताह की औसत मात्रा किसी दैनिक स्टॉक की औसत दैनिक ट्रेडिंग मात्रा किसी दिए गए स्टॉक में दो सप्ताह के भीतर कारोबार करनेवाले

शेयरों की औसत संख्या है। दैनिक आयतन प्रत्येक दिन कितने शेयरों का कारोबार करता है, लेकिन औसत दैनिक मात्रा खोजने के लिए यह दो सप्ताह की औसत मात्रा है। आप यह देख सकते हैं कि किसी विशेष दिन मात्रा में कोई भारी परिवर्तन हो सकता है। यदि आपने देखा कि प्रमुख अंतर है तो विवरण का गहराई से विश्लेषण करें। क्या स्टॉक को जाना जाता है या नहीं, इसकी पहचान करने के लिए यह अच्छा संकेत है। यदि मात्रा अधिक है और कीमत बढ़ रही है तो इसका मतलब है कि कोई व्यक्ति थोक मात्रा खरीदना चाहता है। यह अच्छा मूल्यांकन आकर्षित कर सकता है या यह डंप और पंप हो सकता है? यदि स्टॉक मूल रूप से अच्छा है तो खरीद का संकेत अच्छा है और यदि स्टॉक मूल रूप से अच्छा नहीं है तो पंप और डंप का मौका है।

पंप और डंप क्या है

'पंप और डंप' (पी एंड डी) प्रतिभूतियों का एक प्रकार है, जब कोई धोखाधड़ी करना चाहता है, जिसमें एक स्वामित्ववाले स्टॉक की कीमत को गलत और भ्रामक सकारात्मक बयानों के माध्यम से कृत्रिम रूप से ऊपर ले जाया जाता है, ताकि उच्च कीमत पर सस्ते में खरीदे गए स्टॉक को बेचा जा सके। जनता यह देखने के लिए स्टॉक खरीदती है कि यह स्टॉक बढ़ रहा है और रिटर्न देने का मौका है। दरअसल, वह फँस जाता है और उस शेयर में भारी नुकसान उठा रहा होता है।

TTQ

किसी विशेष ट्रेडिंग सत्र में खरीदे और बेचे गए किसी विशेष कंपनी के सभी शेयरों की कुल राशि को उस कंपनी की 'कुल ट्रेडेड मात्रा' (T.T.O.) कहा जाता है।

कारोबार (सी.आर.) शेयर टर्नओवर

यह स्टॉक लिक्विडिटी का एक पैमाना है, जो किसी अवधि में ट्रेड किए

गए शेयरों की औसत संख्या को शेयरों की औसत संख्या से विभाजित करके गणना की जाती है। शेयर कारोबार जितना अधिक होता है, उतनी ही अधिक तरल कंपनी के शेयर होते हैं।

M Cap Full (Cr)

'फ्री-फ्लॉट कार्य-प्रणाली' एक विधि है, जिसके द्वारा सूचकांक की अंतर्निहित कंपनियों के बाजार पूँजीकरण की गणना की जाती है। 'फ्री-फ्लॉट कार्य-प्रणाली' बाजार पूँजीकरण की गणना इक्विटी की कीमत लेने और बाजार में आसानी से उपलब्ध शेयरों की संख्या से गुणा करके की जाती है।

M Cap FF (Cr)

मार्केट कैप फ्री फ्लॉट एक फ्री फ्लॉट कार्य-प्रणाली विधि है, जिसके द्वारा सूचकांक की अंतर्निहित कंपनियों के बाजार पूँजीकरण की गणना की जाती है। फ्री-फ्लॉट कार्य-प्रणाली बाजार पूँजीकरण की गणना इक्विटी की कीमत लेने और बाजार में आसानी से उपलब्ध शेयरों की संख्या से गुणा करके की जाती है। इसका मतलब है कि शेयर किसी विशेष दिन बाजार में व्यापार करने के लिए स्वतंत्र हैं।

अंकित मूल्य

किसी कंपनी के शेयरों की संपूर्णता का संचयी अंकित मूल्य वैधानिक पूँजी को निर्दिष्ट करता है, जिसे निगम बनाए रखने के लिए बाध्य है। लाभांश के रूप में केवल उपर्युक्त और परे की पूँजी निवेशकों को जारी की जा सकती है। संक्षेप में, फंड, जो फेस वैल्यू को कवर करते हैं, एक प्रकार के डिफॉल्ट रिजर्व के रूप में कार्य करते हैं।

ई.पी.एस. (टी.टी.एम.) EPS (TTM) प्रति शेयर आय (12 महीने पीछे चल रही है)

एक कंपनी के मुनाफे या कमाई को प्रति शेयर आय (टी.टी.एम.) की

गणना के लिए स्टॉक के बकाया शेयरों की कुल संख्या से विभाजित किया जाता है। प्रति शेयर आय आमतौर पर ई.पी.एस. और 'टी.टी.एम.' के रूप में संक्षिप्त की जाती है, जो 12 महीनों के अनुगमन के लिए है।

पी.ई. मूल्य आय अनुपात

'मूल्य आय अनुपात' कंपनी के मौजूदा शेयर आय का अनुपात है। इससे हमें अंदाजा होता है कि कंपनी की कमाई के लिए बाजार क्या करने को तैयार है। यह, 12 भी इंगित करता है कि बाजार में स्टॉक को कैसे महत्त्व दिया जाता है? पी.ई. की व्याख्या कैसे करें? पी.ई. अनुपात एक साधारण गणना है—प्रति शेयर आय द्वारा विभाजित मौजूदा शेयर मूल्य (पिछले 12 महीनों के लिए कमाई आम शेयरों द्वारा विभाजित बकाया''।

पी.बी. मूल्य से पुस्तक अनुपात

मूल्य से पुस्तक अनुपात कंपनी के बाजार मूल्य की तुलना उसकी पुस्तक मूल्य से करता है। किसी कंपनी का बाजार मूल्य उसके शेयर की कीमत को बकाया शेयर की संख्या से गुणा किया जाता है। मूल्य—बुक वैल्यू अनुपात फॉर्मूला PBV अनुपात प्रति शेयर मूल्य के हिसाब से विभाजित बाजार मूल्य है। प्रति शेयर बाजार मूल्य केवल स्टॉक मूल्य है। प्रति शेयर बुक वैल्यू एक फर्म की संपत्ति है, जो अपनी देनदारियों को घटाकर कुल शेयरों की संख्या से विभाजित है।

रिटर्न ऑन इक्विटी (ROE)

यह लाभप्रदता का एक उपाय है, जो गणना करता है कि कंपनी शेयरधारकों की इक्विटी के साथ कितने रुपए का लाभ कमाती है! ROE का सूत्र है—ROE = नेट आय/शेयरधारकों की इक्विटी। ROE को कभी-कभी 'नेट वर्थ पर रिटर्न' कहा जाता है।

वर्ग

वित्तीय बाजारों के संदर्भ में श्रेणियाँ परिसंपत्ति वर्ग हैं, जहाँ एक निवेशक निवेश कर सकता है। निवेश करने के लिए विभिन्न श्रेणियाँ हैं, जैसे—डेट इंस्ट्रूमेंट्स, इक्विटी इंस्ट्रूमेंट्स और पोर्टफोलियो दोनों।

इसमें जब हम bseindia.com पर शेयर बाजार की साइट खोलते हैं और स्टॉक को खोजते हैं तो हम सही मध्य कोने पर देख सकते हैं कि स्टॉक श्रेणी के तहत सूचीबद्ध है या नहीं।

समूह

बी.एस.ई. में सूचीबद्ध सभी शेयरों में 'ए' समूह की श्रेणी में आनेवाले स्टॉक सबसे अधिक तरल काउंटर हैं। बाजार दर समूह 'ए' स्टॉक को सभी पहलुओं में उत्कृष्ट बनाता है और वे ट्रेडिंग के दौरान तुलनात्मक रूप से उच्च कारोबार मात्रा दिखाते हैं। 'बी' और 'सी' ग्रुप भी हैं।

सूची

एस एंड पी बी.एस.ई. सेंसेक्स हीट एस एंड पी बी.एस.ई. सेंसेक्स शेयरों को ट्रैक करने के लिए एक महान् उपकरण है। सूचकांक व्यापक रूप से घरेलू और अंतरराष्ट्रीय दोनों बाजारों में प्रिंट के माध्यम से रिपोर्ट किया जाता है। एस एंड पी बी.एस.ई. सेंसेक्स में आंदोलन के सापेक्ष बीटा प्रतिभूति मूल्य आंदोलन की संवेदनशीलता को मापता है।

उद्योग

'उद्योग' एक अर्थव्यवस्था का क्षेत्र है, जिसमें व्यवसाय समान या संबंधित उत्पाद या सेवा साझा करते हैं। इसे एक उद्योग या बाजार के रूप में भी समझा जा सकता है, जो सामान्य परिचालन विशेषताओं को साझा करता है। एक अर्थव्यवस्था को विभिन्न क्षेत्रों में विभाजित करना अर्थव्यवस्था के समग्र रूप में अधिक गहन विश्लेषण की अनुमति देता है।

आज के समय में तीन प्रकार के उद्योग हैं। वे हैं—कच्चे माल

(प्राथमिक), विनिर्माण (द्वितीयक) और सेवाओं (तृतीयक) का निष्कर्षण। ये आगे उप-विभाजित किए गए हैं और कई क्षेत्रों में; उदाहरण के लिए विनिर्माण में हैं; जैसे—ऑटोमोबाइल, ऑटो पार्ट्स, घरेलू उपकरण आदि।

अब bseindia.com (लेफ्ट साइड ब्लॉक) के मूल को समझने देता है।

इक्विटी

इस टैब में यह विभिन्न तत्त्वों को दरशाता है। यह मुख्य स्क्रीन पर है। इसमें आप स्टॉक का ग्राफ पा सकते हैं और वांछित समय के अनुसार ग्राफ का पैटर्न देख सकते हैं और उनमें से कुछ, जिन्हें हमने पहले बताया था।

यौगिक

यह इक्विटी टैब के नीचे एक और टैब है, जहाँ आप ड्रॉप डाउन से कॉल और पुट विकल्प तथा अन्य विभिन्न डेरिवेटिव देख सकते हैं।

एस.एल.बी. (प्रतिभूति उधार और उधार)

सिक्योरिटीज लैंडिंग एंड बॉरोइंग

सिक्योरिटीज लैंडिंग और बॉरोइंग बाजार अभ्यास का वर्णन करता है, जिसके तहत प्रतिभूतियों को एक अनुमोदित मध्यस्थ के माध्यम से अस्थायी रूप से एक पार्टी (ऋणदाता) द्वारा दूसरे (उधारकर्ता) को हस्तांतरित किया जाता है।

उधारकर्ता उन्हें माँग पर या सहमत अवधि के अंत में वापस करने के लिए बाध्य है और जल्दी वापसी का विकल्प भी है। ऋणदाता सामान्य बाजार निपटान चक्र के भीतर किसी भी समय प्रतिभूतियों को वापस बुला सकता है।

एस.एल.बी. (SLB) एक प्रमुख और बढ़ती गतिविधि है, जो जारीकर्ताओं, निवेशकों और व्यापारियों के लिए समान रूप से महत्त्वपूर्ण लाभ प्रदान करती है। एस.एल.बी. बाजार की तरलता, अधिक कुशल निपटान, सख्त डीलर कीमतों और पूँजी लागत की कमी में मदद करता है।

सिक्योरिटीज लैंडिंग और बॉरोइंग में क्यों भाग लेते हैं?

ऋणदाता की प्रेरणा

एक बेकार पोर्टफोलियो पर ऋणदाता वृद्धिशील रिटर्न प्रदान करता है।

उधारकर्ता की प्रेरणा

एक छोटी स्थिति को कवर करने के लिए—निपटान की विफलता से बचाव—वायदा और विकल्प पदों की हेजिंग—उधार लें और बाजार की भावना के लाभों को उधार दें।

कॉरपोरेट घोषणाएँ

यह वह टैब है, जो कंपनी की हालिया खबरों को जानने के लिहाज से बहुत उपयोगी है। इस टैब में आप नवीनतम समाचार और कंपनी की आगामी एवं ड्रॉप डाउन से विभिन्न अन्य घटनाओं की जाँच कर सकते हैं।

वित्तीय

यह मौलिक विश्लेषण के सबसे महत्त्वपूर्ण भाग में से एक है।

Corp Announcements
Financials
Results
Annual Reports
Meetings
Corp Actions
Shareholding Pattern
Corporate Governance
Bulk / Block deals
Disclosures
Corp Information
Peer Group
Charting

Quarterly Trends | Annual Trends

(in Cr)	Dec-19	Sep-19	Jun-19	Mar-19	Dec-18	FY 18-19
Income Statement						
Revenue	2,363.53	2,181.86	2,352.58	2,499.60	2,345.92	9,794.48
Other Income	135.83	144.96	188.36	142.21	144.55	508.04
Total Income	2,499.36	2,326.82	2,540.94	2,641.81	2,490.47	10,302.52
Expenditure	-1,771.04	-1,635.58	-1,746.21	-1,806.17	-1,654.81	-6,870.61
Interest	-2.72	-2.73	-2.94	-0.80	-0.72	-2.99
PBDT	728.02	688.24	794.73	835.64	835.66	3,431.91
Depreciation	-94.23	-88.97	-86.82	-80.79	-76.48	-298.93
PBT	634.09	599.27	707.91	754.85	759.18	3,132.98
Tax	-145.15	-28.81	-209.67	-274.41	-257.77	-1,078.54
Net Profit	488.94	570.46	498.24	480.44	501.41	2,054.44
Equity	27.30	27.29	27.29	27.28	27.27	27.28
EPS	179.11	209.05	182.60	176.12	183.86	753.37
CEPS	213.62	241.64	214.39	205.73	211.91	862.67
OPM %	30.81	31.54	33.78	33.43	35.62	35.04
NPM %	20.69	26.15	21.18	19.22	21.37	20.98
	Standalone	Standalone	Standalone	Standalone	Standalone	Standalone
	Consolidated	Consolidated	Consolidated	Consolidated	Consolidated	Consolidated
	-	-	-	-	-	-

ऊपर दी गई स्क्रीन तिमाही परिणाम दिखाती है। इसमें दो प्रकार के टैब होते हैं। वे हैं—त्रैमासिक रुझान और वार्षिक रुझान। यह स्क्रीन सबसे महत्त्वपूर्ण स्क्रीन में से एक है और इस स्क्रीन में हम मौलिक विश्लेषण के

सबसे महत्त्वपूर्ण भाग की जाँच करेंगे।

चार चीजें हैं, जिन्हें आपको ध्यान से जाँचना है—

1. राजस्व

सबसे पहले हमें त्रैमासिक राजस्व की जाँच करनी होगी। यह हमेशा बढ़ता रहना चाहिए। इसलिए निवेश करने से पहले हमें इसे ध्यान से जाँचना होगा। तीन तरह की कंपनियाँ हैं—जो बढ़ रही हैं। यदि राजस्व बढ़ रहा है तो यह इंगित करता है कि कंपनी का लाभ और व्यवसाय बढ़ रहा है और कंपनी का प्रबंधन व्यवसाय को बढ़ाने में सक्षम है और वे व्यवसाय को चलाने के लिए बहुत प्रभावी हैं। फिर इस प्रकार की कंपनियों में निवेश करने की सलाह दी जाती है।

सामान्य (Maintain) बनाए रखना

इसमें हम यह भी देख सकते हैं कि कुछ कंपनियाँ राजस्व के मामले में नहीं बढ़ रही हैं, लेकिन वे पिछले वर्षों के अनुसार कारोबार को बनाए हुएं हैं। इसका अर्थ है कि इन कंपनियों के पीछे उन कंपनियों की कमी है, जो अपने कारोबार को बढ़ा रही हैं। इन कंपनियों में निवेश करने की सलाह नहीं दी जाती है।

घटाना (Decreasing)

उनके राजस्व में कमी होगी। इसका स्पष्ट रूप से मतलब है कि कंपनी का प्रबंधन या परिस्थिति व्यवसाय को विकसित करने और उसे बनाए रखने में सक्षम नहीं है। इसके लिए इन कंपनियों को निवेश करने की सलाह नहीं दी जाती है।

2. ब्याज

यह मौलिक विश्लेषण का सबसे महत्त्वपूर्ण हिस्सा भी है, जिसमें हम यह देखते हैं कि कंपनी द्वारा तिमाही में कितना ब्याज दिया जा रहा है। यदि

हम वार्षिक ब्याज की जाँच करना चाहते हैं तो हमें वार्षिक ब्याज की जाँच के लिए तिमाही ब्याज को चार से गुणा करना होगा। इससे पता चलता है कि कितने कर्ज हैं। अंत में यह शुद्ध लाभ को प्रभावित करता है।

जब कंपनी ने लिस्टिंग के लिए, इसका मतलब है कि यह शेयरधारकों से ब्याज के साथ पैसे लेने में सक्षम है। यदि कंपनी के पास शेयरधारक से ब्याज के बिना पूँजी प्राप्त करने की क्षमता है तो उसे बैंक ऋण का भुगतान करना होगा, जो ब्याज पर उधार लिया जाता है। अच्छी कंपनी या प्रबंधन हमेशा बैंक ऋण को कम करने की कोशिश करते हैं।

इस विश्लेषण में आपको ब्याज के हिस्से की जाँच करनी होगी या बहुत कम या कम-से-कम और अगर कंपनी ऋण चुकाने की कोशिश नहीं कर रही है तो ब्याज का हिस्सा हर तिमाही में कम हो जाएगा। यदि ब्याज कम हो गया है तो यह निवेश विज्ञापन के लिए अच्छा और उचित है। यदि ब्याज नहीं बढ़ रहा है तो इसे निवेश के लिए भी माना जाता है और यदि कंपनी ब्याज के हिस्से को बढ़ा रही है तो इसका मतलब है कि कंपनी फिर से बैंक से ऋण ले रही है और फिर से इसके लिए तिमाही आधार पर ब्याज बढ़ाया जाता है। इसके लिए इस कंपनी को निवेश करने की सलाह नहीं दी जाती है।

3. शुद्ध लाभ

बढ़ रहा है

यदि शुद्ध लाभ बढ़ रहा है तो यह इंगित करता है कि कंपनी के पास लाभ बढ़ाने की क्षमता है। इसका मतलब है कि प्रबंधन अच्छा है और लाभ बढ़ाने के लिए उनके पास रणनीति हैं, तो ऐसी कंपनियाँ निवेश के लिए अच्छी हैं।

...को बनाए रखने

इसमें हम यह भी देख सकते हैं कि कुछ कंपनियाँ शुद्ध लाभ के मामले में नहीं बढ़ रही हैं, लेकिन वे पिछले वर्षों के अनुसार कारोबार को बनाए हुए

हैं। इसका मतलब है कि इन कंपनियों के पीछे उन कंपनियों की कमी है, जो अपने कारोबार को बढ़ा रही हैं। इन कंपनियों के लिए निवेश करने की सलाह नहीं दी जाती है, क्योंकि उद्योग केवल विकास चाहते हैं।

घटाना

उनके शुद्ध लाभ में कमी होगी। इसका स्पष्ट रूप से मतलब है कि कंपनी का प्रबंधन या परिस्थिति व्यवसाय को विकसित करने और उसे बनाए रखने में सक्षम नहीं है। इसके लिए इन कंपनियों को निवेश करने की सलाह नहीं दी जाती है।

4. एन.पी.एम. प्रतिशत (शुद्ध लाभ मार्जिन)

N.P.M. या शुद्ध लाभ मार्जिन कंपनी का लाभ मार्जिन है। कंपनी के तीन प्रकार के लाभ हैं, जिन्हें उप विभाजित किया जा सकता है—

- 10 प्रतिशत–15 प्रतिशत एन.पी.एम.
- 15 प्रतिशत–20 प्रतिशत एन.पी.एम.
- 20 प्रतिशत से ज्यादा एन.पी.एम.

इन्हें उन कंपनियों में निवेश करने की सलाह दी गई है, जिनके पास एन.पी.एम. 20 प्रतिशत से अधिक है; क्योंकि जिस कंपनी के पास उच्च लाभ मार्जिन है, वे अच्छी कमाई करेंगे और इससे निवेशकों को लाभ मिलेगा। सबसे पहले हमें उस क्षेत्र को तय करना होगा, जिसमें हम निवेश करना चाहते हैं और फिर हमें विशेष क्षेत्र की सभी कंपनियों के एन.पी.एम. प्रतिशत की जाँच करनी होगी, तब हम उस क्षेत्र की अग्रणी कंपनी का पता लगाने में सक्षम होंगे, जो उस क्षेत्र का उच्चतम एन.पी.एम. प्राप्त करने में सक्षम हैं। इन कंपनियों को निवेश करने की सलाह दी जाती है।

कुछ मामलों में उस विशेष क्षेत्र की कंपनी के एन.पी.एम. में 10 प्रतिशत–15 प्रतिशत एन.पी.एम. या 15 प्रतिशत–20 प्रतिशत एन.पी.एम. के

बीच एन.पी.एम. होता है। इसका मतलब है कि पूरे क्षेत्र में कम मार्जिन है। इन सबके बाद हमें उस कंपनी को ढूँढ़ना होगा, जो उस विशेष क्षेत्र का सबसे ज्यादा एन.पी.एम. है। इसका मतलब है कि आपको उस कंपनी में निवेश करना होगा, जो अपने स्वयं के क्षेत्र में अच्छा एन.पी.एम. रखती है। फिर आप इस क्षेत्र की सबसे अच्छी कंपनी के साथ जुड़े होंगे और अच्छे रिटर्न मिलने की संभावना अधिक होगी।

एक बार जब हमने कंपनी में निवेश करने का फैसला कर लिया है तो हमें इसे तिमाही रूप से देखना या निगरानी करना होगा और परिणामों की जाँच करनी होगी। हमें निश्चित रूप से कंपनी के परिणामों की जाँच करने के लिए त्रैमासिक बास (Result) में कुछ समय देना होगा। यदि कंपनी का प्रदर्शन अच्छा नहीं है तो हमें कारणों की गहराई से जाँच करनी होगी और विश्लेषण करना होगा कि कारण पूरी अर्थव्यवस्था के लिए समान हैं या यदि विशेष कंपनी के पास कुछ वैध कारण हैं तो हमें उस कंपनी के साथ निवेश करना होगा, अन्यथा हमें उस क्षेत्र की अन्य कंपनी में निवेश करना होगा, जो अच्छा प्रदर्शन कर रही है।

उदाहरण—हाल ही में हमने मार्च 2020 में देखा है कि कोरोना वायरस एक वैश्विक मुद्दा रहा है। उस समय पूरी अर्थव्यवस्था संकट का सामना कर रही थी और लॉकडाउन किया जा रहा था, तब वैश्विक स्तर पर उस तिमाही का प्रदर्शन कम हो गया था।

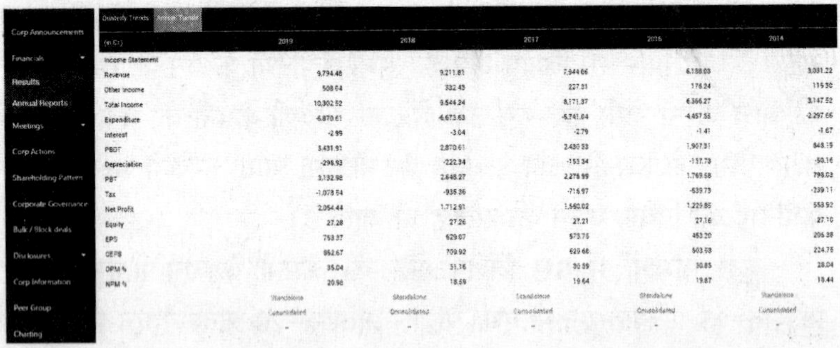

(in Cr.)	2019	2018	2017	2016	2014
Income Statement					
Revenue	9,794.48	9,211.81	7,944.06	6,188.03	3,031.22
Other Income	508.04	332.43	227.31	176.24	115.30
Total Income	10,302.52	9,544.24	8,171.37	6,366.27	3,147.52
Expenditure	-6,870.61	-6,673.63	-5,741.04	-4,457.55	-2,297.66
Interest	-2.99	-3.04	-2.79	-1.41	-1.67
PBDT	3,431.91	2,870.61	2,430.53	1,907.31	848.15
Depreciation	-298.93	-222.34	-153.34	-137.73	-50.16
PBT	3,132.98	2,648.27	2,276.99	1,769.58	798.03
Tax	-1,078.54	-935.36	-716.97	-539.73	-239.11
Net Profit	2,054.44	1,712.91	1,560.02	1,229.85	558.92
Equity	27.28	27.26	27.21	27.16	27.10
EPS	753.37	629.07	573.75	453.20	206.38
CEPS	862.67	709.92	629.68	503.58	224.75
OPM %	35.04	31.16	30.59	30.85	28.04
NPM %	20.98	18.59	19.64	19.87	18.44
	Standalone	Standalone	Standalone	Standalone	Standalone
	Consolidated	Consolidated	Consolidated	Consolidated	Consolidated
	-	-	-	-	-

उपर्युक्त स्क्रीन वार्षिक आधार पर परिणाम दिखानेवाली स्क्रीन है, लेकिन केवल तिमाही परिणाम देखने की सलाह दी जाती है। यदि हम वार्षिक परिणाम देखेंगे तो हम उन घटनाओं को याद कर सकते हैं, जो चार तिमाहियों के दौरान कंपनी में हुई हैं और वर्ष भर के बाद जब हम परिणाम देखते हैं तो संभावना है कि शेयर की कीमत और साथ ही कंपनी का प्रदर्शन कम हो गया है। इसलिए यह सलाह दी जाती है कि केवल परिणामों की निगरानी करें व प्रगति केवल तिमाही और सालाना न हो।

मुलाकात

यह वह टैब है, जहाँ हम उन बैठकों के बारे में जान सकते हैं, जो कंपनी द्वारा आयोजित की गई हैं और उस बैठक के परिणाम क्या थे ? यह देखने के लिए एक बहुत प्रभावी तरीका है कि कंपनी ने क्या फैसला किया है और फिर हम निवेश के अनुसार कार्य कर सकते हैं।

कॉरपोरेट काररवाई

इस स्थान पर हम प्रबंधन और कॉरपोरेटों द्वारा की जानेवाली सामान्य काररवाइयों को देख सकते हैं। यह पूर्व तिथि पर लाभांश या बोनस का वितरण हो सकता है।

शेयरहोल्डिंग पैटर्न (Shareholding Pattern)

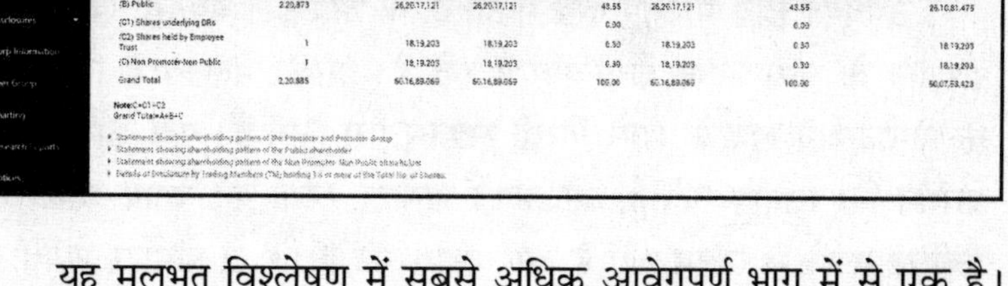

Category of shareholder	No. of shareholders	No. of fully paid up equity shares held	Total no. shares held	Shareholding as a % of total no. of shares (calculated as per SCRR, 1957)As a % of (A+B+C2)	No. of Voting Rights	Total as a % of Total Voting right	No. of equity shares held in dematerialized form
(A) Promoter & Promoter Group	11	33,78,52,745	33,78,52,745	56.15	33,78,52,745	56.15	33,78,52,745
(B) Public	2,20,873	26,20,17,121	26,20,17,121	43.55	26,20,17,121	43.55	26,10,81,475
(C1) Shares underlying DRs				0.00		0.00	
(C2) Shares held by Employee Trust	1	18,19,203	18,19,203	0.30	18,19,203	0.30	18,19,203
(C) Non Promoter-Non Public	1	18,19,203	18,19,203	0.30	18,19,203	0.30	18,19,203
Grand Total	2,20,885	60,16,89,069	60,16,89,069	100.00	60,16,89,069	100.00	60,07,53,423

यह मूलभूत विश्लेषण में सबसे अधिक आवेगपूर्ण भाग में से एक है। इसमें सबसे महत्त्वपूर्ण हिस्सा, जिसे हमें जाँचना है, वह यह है कि प्रोमोटरों

की 50 प्रतिशत से अधिक हिस्सेदारी होनी चाहिए। उपर्युक्त स्क्रीन में आप देख सकते हैं कि प्रोमोटर की हिस्सेदारी 56.15 प्रतिशत है, जो 50 प्रतिशत से अधिक है। इसका मतलब है कि प्रवर्तक कंपनियों में अपना अधिकार सुरक्षित है। इसका मतलब है कि प्रवर्तकों का कंपनियों पर अपना अधिकार है।

Corporate Governance
Bulk / Block deals
Disclosures
Corp Information
Peer Group
Charting
Notices

Summary statement holding of specified securities

Category of shareholder	No. of shareholders	No. of fully paid up equity shares held	No. of shares underlying Depository Receipts	Total no. shares held	Shareholding as a % of total no. of shares (calculated as per SCRR, 1957)As a % of (A+B+C2)	No. of Voting Rights	Total as a % of Total Voting right	No. of Shares Underlying Outstanding convertible securities (including Warrants)	Shareholding , as a % assuming full conversion of convertible securities (as a percentage of diluted share capital)As a % of (A+B+C2)	No. of Shares pledged or otherwise encumbered: No.(a)	As a % of total Shares held(b)	No. of equity shares held in dematerialized form
(A) Promoter & Promoter Group	20	1,05,27,84,455		1,05,27,84,455	19.82	1,05,27,84,456	19.79		17.60	80,37,10,914	76.34	1,05,27,84,456
(B) Public	10,07,124	4,25,87,08,825		4,25,87,08,825	80.18	4,25,87,08,825	80.05	67,00,40,150	82.40		0.00	4,25,86,08,826
(C1) Shares underlying DRs	1		82,80,840	82,80,840	0.00	82,80,840	0.15		0.00		0.00	82,80,840
(C2) Shares held by Employee Trust					0.00		0.00		0.00		0.00	
(C) Non Promoter-Non Public	1		82,80,840	82,80,840	0.00	82,80,840	0.15		0.00		0.00	82,80,840
Grand Total	10,07,145	5,31,14,93,281	82,80,840	5,31,97,74,121	100.00	5,31,97,74,121	100.00	67,00,40,150	100.00	80,37,10,914	15.11	5,31,96,65,122

Note:C=C1+C2
Grand Total=A+B+C

- Statement showing shareholding pattern of the Promoter and Promoter Group
- Statement showing shareholding pattern of the Public shareholder
- Statement showing shareholding pattern of the Non Promoter- Non Public shareholder
- Details of Disclosure by Trading Members (TM) holding 1% or more of the Total No. of Shares
- Statement showing details of significant beneficial ownership

उपर्युक्त स्क्रीन में आप देख सकते हैं कि प्रोमोटरों की हिस्सेदारी 19.82 प्रतिशत है, जो 50 प्रतिशत कम है। इसका मतलब है कि प्रवर्तक कंपनियों से अपने अधिकारों को खो रहे हैं।

Statement showing shareholding pattern of the Promoter and Promoter Group

Category of shareholder	Nos. of shareholders	No. of fully paid up equity shares held	No. of shares underlying Depository Receipts	Total nos. shares held	Shareholding as a % of total no. of shares (calculated as per SCRR, 1957)As a % of (A+B+C2)	Shareholding , as a % assuming full conversion of convertible securities (as a percentage of diluted share capital)As a % of (A+B+C2)	Number of Shares pledged or otherwise encumbered: No. (a)	As a % of total Shares held(b)	Number of equity shares held in dematerialized form
A1) Indian					0.00	0.00		0.00	
Individuals/Hindu undivided Family	18	59,83,84,000		59,83,84,000	11.27	10.00	47,97,60,253	80.17	59,83,84,000
Tulsi R Tanti	1	39,05,000		39,05,000	0.07	0.07	39,04,253	99.98	39,05,000
Gita T Tanti	1	6,45,12,000		6,45,12,000	1.21	1.08	6,45,12,000	100.00	6,45,12,000
Tulsi R Tanti as karta of Tulsi Ranchhodbhai HUF	1	1,80,00,000		1,80,00,000	0.34	0.30	1,80,00,000	100.00	1,80,00,000
Tulsi R Tanti as karta of Ranchhodbhai Ramjibhai HUF	1	4,25,70,000		4,25,70,000	0.80	0.71	2,24,00,000	52.62	4,25,70,000
Tulsi R Tanti Jrw. Vinod R Tanti Jrw. Jitendra R Tanti	1	4,26,60,000		4,26,60,000	0.80	0.71	4,26,60,000	100.00	4,26,60,000
Vinod R Tanti@	1	2,52,67,000		2,52,67,000	0.48	0.42	1,13,67,000	44.99	2,52,67,000
Jitendra R Tanti#	1	1,61,00,000		1,61,00,000	0.30	0.27	1,24,00,000	77.02	1,61,00,000
Sangita V Tanti	1	7,01,82,000		7,01,82,000	1.32	1.17	7,01,82,000	100.00	7,01,82,000
Lina J Tanti	1	7,01,82,000		7,01,82,000	1.32	1.17	7,01,82,000	100.00	7,01,82,000

उपर्युक्त छवि में आप देख सकते हैं कि कंपनी ने बैंक या किसी अन्य संस्थान के पास अपने शेयर गिरवी रखे हैं। इसका मतलब है कि कंपनी के प्रोमोटर्स ने खुद के शेयर गिरवी रखकर पैसे लिये हैं। यही कारण है कि प्रबंधन विश्वसनीय नहीं है, जो अपने प्रोमोटर स्टेक को बनाए रखने और प्रबंधित करने में सक्षम नहीं है और दूसरा यह है कि वे प्रोमोटर शेयरों का स्वामित्व रखने में सक्षम नहीं थे।

Statement showing shareholding pattern of the Promoter and Promoter Group

Category of shareholder	Nos. of shareholders	No. of fully paid up equity shares held	No. of shares underlying Depository Receipts	Total nos. shares held	Shareholding as a % of total no. of shares (calculated as per SCRR, 1957)As a % of (A+B+C2)	Number of equity shares held in dematerialized form
A1) Indian					0.00	
Individuals/Hindu undivided Family	6	4,23,45,292		4,23,45,292	0.68	4,23,45,292
Mukesh D Ambani	1	72,31,692		72,31,692	0.12	72,31,692
Nita M Ambani	1	67,96,292		67,96,252	0.11	67,96,292
Isha M Ambani	1	67,28,780		67,28,760	0.11	67,28,780
Akash M Ambani	1	67,26,380		67,26,380	0.11	67,26,380
Anant M Ambani	1	2,00,000		2,00,000	0.00	2,00,000
K D Ambani	1	1,46,62,148		1,46,62,148	0.24	1,46,62,148
Any Other (specify)	42	3,05,57,39,676		3,05,57,39,676	49.35	3,05,57,39,676
Devarshi Commercials LLP	1	71,08,00,410		71,08,00,410	11.48	71,08,00,410
Srichakra Commercials LLP	1	68,88,95,274		68,88,95,274	11.13	68,88,95,274
Karuna Commercials LLP	1	50,81,66,996		50,81,66,996	8.21	50,81,66,996
Tattvam Enterprises LLP	1	43,14,31,608		43,14,31,608	6.97	43,14,31,608
Abhayaprada Enterprises LLP	1	200		200	0.00	200
Adisesh Enterprises LLP	1	200		200	0.00	200
Ajitesh Enterprises LLP	1	200		200	0.00	200

उपर्युक्त छवि में आप देख सकते हैं कि कंपनी ने अपने शेयरों को बैंक या किसी अन्य संस्था के पास गिरवी नहीं रखा है। इस प्रकार की कंपनी निवेश के लिए अच्छी होती है।

आइए, हम बताते हैं कि प्रोमोटर के पास अपने शेयरों की 50 प्रतिशत से अधिक हिस्सेदारी होनी चाहिए और सभी शेयरों को फ्री होल्ड होना चाहिए तथा किसी भी संस्था द्वारा गिरवी नहीं रखना चाहिए।

निगम से संबंधित शासन प्रणाली (Corporate Governance)

इसमें हम कंपनी के कॉरपोरेट डेटा को देख सकते हैं, जैसे कि कंपनी के सदस्य और निदेशक मंडल, उनकी नियुक्ति की तिथि एवं कार्यकाल इत्यादि।

थोक/ब्लॉक सौदे (Bulk/Block Deals)

यह टैब बल्क/ब्लॉक डील दिखाता है, जो उस विशेष कंपनी में अन्य कंपनियों द्वारा किया जाता है। यहाँ आप उस कंपनी का नाम और उनका निवेश देख सकते हैं।

खुलासे (Disclosures)

इसमें आप मूल खुलासे की जाँच कर सकते हैं, जो कंपनियों द्वारा प्रतिज्ञा, एस.ए.एस.टी., इनसाइडर ट्रेडिंग की तारीख आदि के संदर्भ में किए गए हैं। यह कंपनियों के भविष्य और आगामी की जाँच करने के लिए बहुत फायदेमंद हो सकता है।

कॉरपोरेट जानकारी (Corporate Information)

इस जगह आप कंपनियों के नाम और संबंधित विवरण, जैसे उनके निदेशक एवं प्रोमोटर और उनके पद नाम पा सकते हैं। आप इस टैब पर उनका पता और संपर्क जानकारी भी पा सकते हैं।

साथियों के समूह (Peer Group)

यह टैब भी बहुत महत्त्वपूर्ण है। यहाँ आप अन्य सभी कंपनियों को देख सकते हैं, जो एक ही सेक्टर के तहत काम कर रही हैं। यहाँ से आप उन सभी अन्य कंपनियों का विचार प्राप्त कर सकते हैं, जो आपके द्वारा चुनी गई कंपनी की प्रत्यक्ष प्रतियोगी हो सकती हैं।

चार्टिंग (Charting)

यह वह टैब है, जहाँ से आप चार्ट पर कंपनी को देख सकते हैं। यहाँ क्लिक करके आप नए टैब पर पुनर्निर्देशित हो जाएँगे और फिर आप कंपनी पर अपने अध्ययन के लिए चार्ट की निगरानी कर सकते हैं।

नोटिस (Notices)

इस टैब में सामान्य नोटिस हैं, जो कंपनी द्वारा जारी किए गए हैं। इन्हें आगे डाउनलोड किया जा सकता है और पी.डी.एफ. प्रारूप में भी देखा जा सकता है।

□

बाजार पूँजीकरण

बाजार पूँजीकरण क्या है?

बाजार पूँजीकरण से तात्पर्य किसी कंपनी के स्टॉक के बकाया शेयरों के कुल बाजार मूल्य से है। आमतौर पर इसे 'मार्केट कैप' कहा जाता है। इसकी गणना कंपनी के बकाया शेयरों की कुल संख्या को एक शेयर के मौजूदा बाजार मूल्य से गुणा करके की जाती है। एक उदाहरण के रूप में 10 लाख शेयरों की बिक्रीवाली कंपनी, जो प्रत्येक 100 रुपए में बेचती है, का बाजार 10 करोड़ रुपए होगा। निवेश समुदाय कंपनी के आकार को निर्धारित करने के लिए इस आँकड़े का उपयोग करता है।

आमतौर पर बाजार में हमारी तीन तरह की कंपनियाँ हैं—

- स्मॉल कैप
- मिड कैप और
- लार्ज कैप।

मूल रूप से हमें उस कंपनी से बचना होगा, जिसका मार्केट कैप कम है—200 करोड़ रुपए। तो कंपनी में निवेश न करें।

1. स्मॉल कैप

एक स्मॉल कैप आमतौर पर 30 करोड़ डॉलर से 2 बिलियन डॉलर के बीच के बाजार पूँजीकरणवाली कंपनी है, जिसका पूँजीकरण 200 करोड़ रुपए से 14,000 करोड़ रुपए है (लगभग)।

2. मिड कैप

मिड कैप को आमतौर पर मार्केट कैप वाली कंपनियों के रूप में परिभाषित किया जाता है, जो 2 अरब डॉलर से 10 बिलियन डॉलर के बीच होती हैं, यानी 7,000 करोड़ रुपए से 70,000 करोड़ रुपए (लगभग)।

3. लार्ज कैप

लार्ज कैप को आमतौर पर मार्केट कैप वाली कंपनियों के रूप में परिभाषित किया जाता है, जो 10 अरब डॉलर या उससे ऊपर होती हैं। यह तब और अधिक 70,000 करोड़ रुपए (लगभग) है।

मूल्य का आंतरिक मूल्य निवेश करना

$$V* = \frac{EPS \times (8.5 + 2g) \times 4.4}{Y}$$

V: Intrinsic Value
EPS: the company's last 12-month earnings per share
8.5: the constant represents the appropriate P-E ratio for a no-growth company as proposed by Graham
g: the company's long-term (five years) earnings growth estimate
4.4: the average yield of high-grade corporate bonds in 1962, when this model was introduced
Y: the current yield on AAA corporate bonds

आंतरिक मूल्य भी मौलिक विश्लेषण का सबसे महत्त्वपूर्ण हिस्सा है। सबसे पहले हमें कंपनी के सभी मूलभूत मापदंडों की जाँच करनी होगी। यदि हमने पाया कि कंपनी निवेश के लिए अच्छी है तो आपको उस शेयर की आंतरिक कीमत की गणना करनी होगी, फिर हमें स्टॉक की वर्तमान कीमत की जाँच करनी होगी, फिर हमें उस विशेष स्टॉक बुक वैल्यू की जाँच करनी होगी। यदि बुक वैल्यू की तुलना में उस स्टॉक का मूल्य अच्छा या बुरा है, जैसा कि हमने पहले बताया है स्टॉक की बुक वैल्यू का मतलब है कि विशेष कंपनी ने अपनी सभी परिसंपत्तियाँ बेच दी हैं और वहाँ देनदारियों का निपटान कर दिया है। फिर यह शेयरों की संख्या पर विभाजित हो जाएगा।

उदाहरण, कंपनी के पास बुक का मूल्य 100 रुपए है और आंतरिक मूल्य 80 रुपए होने का मतलब है कि स्टॉक की कीमत अच्छी है और हमें

उस कंपनी या शेयर का निवेश करना है। किसी अन्य मामले में स्टॉक का मूल्य अधिक है तो फिर हमें अच्छी बुक वैल्यू का इंतजार करना होगा या हमें दूसरे स्टॉक का चयन करने का निर्णय लेना होगा।

सारांश

1. राजस्व बढ़ना चाहिए

यह हमेशा बढ़ता रहना चाहिए। इसलिए निवेश करने से पहले हमें इसे ध्यान से जाँचना होगा।

त्रैमासिक राजस्व बढ़ रहा है

त्रैमासिक राजस्व बढ़ रहा है या नहीं, इसकी जाँच करें। यदि राजस्व बढ़ रहा है तो यह इंगित करता है कि कंपनी का लाभ व व्यवसाय बढ़ रहा है और कंपनी का प्रबंधन व्यवसाय को बढ़ाने में सक्षम है तथा वे व्यवसाय को चलाने के लिए बहुत प्रभावी हैं। फिर इस प्रकार की कंपनियों को निवेश करने की सलाह दी जाती है।

2. ब्याज

यह मौलिक विश्लेषण का सबसे महत्त्वपूर्ण हिस्सा भी है, जिसमें हम यह देखते हैं कि कंपनी द्वारा तिमाही में कितना ब्याज दिया जा रहा है। इससे पता चलता है कि कितने ऋण हैं? अंततः यह शुद्ध लाभ को प्रभावित करता है। अच्छी कंपनी और प्रबंधन हमेशा बैंक ऋण को कम करने की कोशिश करते हैं, जिससे ब्याज कम हो जाता है। इस विश्लेषण में आपको ब्याज की जाँच बहुत कम और न्यूनतम करनी होती है और अगर कंपनी ब्याज घटाती है तो हर तिमाही अच्छा भी होता है।

यदि ब्याज हिस्सा कम हो जाता है तो यह निवेश के लिए अच्छा व उचित है और अगर कंपनी की बैलेंस शीट ब्याज में बढ़ती हुई दिखती है तो इसका मतलब है कि कंपनी बार-बार बैंक से धन उधार ले रही है। इस प्रकार की कंपनी को निवेश करने की सलाह नहीं दी जाती है।

नेट प्रॉफिट ग्रोइंग होना चाहिए

यदि शुद्ध लाभ बढ़ रहा है तो यह इंगित करता है कि कंपनी के पास लाभ बढ़ाने की क्षमता है। इसका मतलब है कि प्रबंधन अच्छा है और लाभ बढ़ाने के लिए रणनीति है। इस प्रकार की कंपनियाँ निवेश के लिए अच्छी हैं।

एन.पी.एम. प्रतिशत (शुद्ध लाभ मार्जिन)

एन.पी.एम. 20 प्रतिशत से अधिक होना चाहिए।

इन्हें उन कंपनियों में निवेश करने की सलाह दी गई है, जिनके पास 20 प्रतिशत से अधिक का एन.पी.एम. है; क्योंकि जिस कंपनी में उच्च लाभ मार्जिन है, वे अच्छी कमाई करेंगे और इससे निवेशकों को लाभ मिलेगा।

कंपनी का चयन करें, जो वहाँ के क्षेत्र में अग्रणी है

सबसे पहले हमें उस क्षेत्र को तय करना होगा, जिसमें हम निवेश करना चाहते हैं और फिर हमें विशेष क्षेत्र की सभी कंपनियों के एन.पी.एम. प्रतिशत की जाँच करनी होगी। तब हम उस क्षेत्र की अग्रणी कंपनी का पता लगाने में सक्षम होंगे, जो उस क्षेत्र का उच्चतम एन.पी.एम. प्राप्त करने में सक्षम है। इन कंपनियों में निवेश करने की सलाह दी जाती है।

□

शेयर होल्डिंग पैटर्न

यह विश्लेषण मौलिक में सबसे अधिक आवेगपूर्ण भाग में से एक है। इसमें सबसे महत्त्वपूर्ण हिस्सा, जिसे हमें जाँचना है, वह यह है कि प्रोमोटरों की 50 प्रतिशत से अधिक हिस्सेदारी होनी चाहिए और यह भी जाँच लें कि होल्डिंग गिरवी है या नहीं! दोनों पहलुओं को ध्यान से देखें।

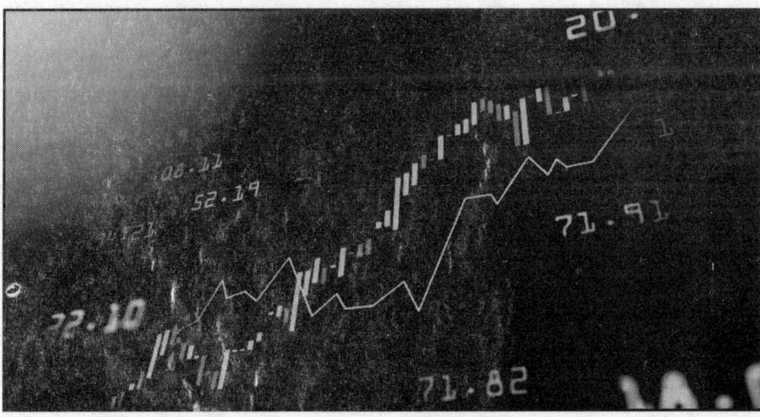

तकनीकी विश्लेषण

शेयर बाजार में निवेश करते समय तकनीकी विश्लेषण भी बहुत प्रभावी है। तकनीकी विश्लेषण की मदद से आपको स्टॉक में प्रवेश करने और स्टॉक से बाहर निकलने के लिए सिग्नल मिलेगा। तकनीकी विश्लेषण ऐतिहासिक मूल्य चार्ट और बाजार के आँकड़ों का उपयोग करके वित्तीय बाजारों में मूल्य

बदलाव की जाँच और भविष्यवाणी करने का एक साधन है। यह आधार है।

एक व्यापारी पिछले बाजार पैटर्न की पहचान कर सकता है। वे भविष्य के मूल्य प्रक्षेप वक्र की काफी सटीक भविष्यवाणी कर सकते हैं।

मौलिक विश्लेषण

मौलिक विश्लेषण व संबंधित आर्थिक व वित्तीय कारकों की जाँच करके सुरक्षा के आंतरिक मूल्य को मापने का एक तरीका है। अंतिम लक्ष्य एक संख्या पर पहुँचना है, जो एक निवेशक सुरक्षा के मौजूदा मूल्य के साथ तुलना कर सकता है, ताकि यह देखा जा सके कि सुरक्षा का मूल्यांकन नहीं है या ओवरवैल्यूड है। यह बाजार विश्लेषण के दो प्रमुख चरणों में से एक है। मौलिक विश्लेषण एक परिसंपत्ति के 'सही मूल्य' पर केंद्रित है। बाहरी कारकों और आंतरिक मूल्य—दोनों के अर्थ के साथ तकनीकी विश्लेषण शुद्ध रूप से शेयरों के मूल्य चार्ट पर आधारित है। यह पूरी तरह से एक चार्ट पर पैटर्न की पहचान है, जिसका उपयोग भविष्य के बदलाव (Movements) की भविष्यवाणी करने के लिए किया जाता है।

जबकि तकनीकी विश्लेषण कीमतों की दिशा का पूर्वानुमान लगाने के लिए एक विश्लेषण पद्धति है। तकनीक का एक भाग इस बात पर केंद्रित है कि तकनीकी विश्लेषण कैसे और क्यों काम कर सकता है?

तकनीकी विश्लेषण मूल्य और मात्रा दोनों के संदर्भ में ऐतिहासिक व्यापार जानकारी के आधार पर निवेश की आपूर्ति और माँग का अनुसंधान है। तकनीकी विश्लेषकों, जिन्हें अकसर 'चार्टिस्ट' कहा जाता है, का मानना है कि स्टॉक या बाजार मूल्य में एक संतुलन की स्थिति से दूसरे तक की स्थिति की शुरुआत का पता लगाना संभव है। ऐसा करने के लिए वे पिछले स्टॉक के चार्ट का उपयोग करते हैं और रुझानों की पहचान करने के लिए बाजार बदलाव का उपयोग करते हैं, जो उन्हें लगता है कि मूल्य-निर्धारण बदलाव की भविष्यवाणी करेंगे। चार्टिस्ट इस बात से चिंतित नहीं हैं कि स्थितियाँ क्यों बदल रही हैं? वे केवल अल्पकालिक और मध्यवर्ती अवधि के

लाभ लेने के लिए परिवर्तन की शुरुआत की पहचान करना चाहते हैं; हालाँकि इनमें से अधिकांश विश्लेषक लघु और मध्यवर्ती मूल्य-निर्धारण रुझानों की भविष्यवाणी करते हैं, कुछ अपने डेटा के आधार पर दीर्घकालिक बाजार चक्रों का भी अनुमान लगाते हैं।

सुरक्षा उद्योग के कई पेशेवरों की तरह चार्टिस्ट मानते हैं कि बाजार का मूल्य आपूर्ति और स्टॉक की माँग से निर्धारित होता है। इसके अलावा, दूसरों की तरह चार्टिस्ट सोचते हैं कि आपूर्ति व माँग कई कारकों से प्रभावित होती है, हमेशा तर्कसंगत नहीं होती है, जिन्हें बाजार द्वारा लगातार और विषयगत रूप से तौला जाता है। तकनीकी विश्लेषण सुरक्षा पूर्वानुमान के अन्य स्कूलों से भिन्न होता है; हालाँकि स्टॉक मूल्य परिवर्तनों के समय में चार्टिस्ट मानते हैं कि स्टॉक-लंबे समय तक चलनेवाले रुझानों में आगे बढ़ते हैं और अगर वे पहली बार रुझान शुरू करते हैं तो निवेशक इन रुझानों से लाभ उठा सकते हैं।

यह दमन दो मान्यताओं पर आधारित है। सबसे पहले, चार्टिस्ट कहते हैं कि विस्तारित अवधि में शेयरों के बारे में जानकारी बाजार में लीक हो जाती है। उद्योग के अंदरूनी सूत्रों से लेकर विश्लेषकों और अंततः निवेशकों के लिए जानकारी बढ़ने तक स्टॉक की कीमतें धीरे-धीरे बदलती हैं। दूसरा, चार्टिस्ट मानते हैं कि एक और समय-अंतराल होता है, क्योंकि निवेशक सर्वसम्मति से जानकारी की वैधता या सुरक्षा पर इसके प्रभाव के बारे में एकमत नहीं होते हैं। मूल्य परिवर्तन की क्रमिक प्रकृति निवेशकों को एक प्रवृत्ति का लाभ उठाने के लिए कार्य करने का समय देती है।

इस प्रकार यह तकनीकी विश्लेषक का काम है कि वह एक ऐसी प्रणाली विकसित करे, जो एक संतुलन की कीमत से एक नए उच्च या निम्न मूल्य के लिए एक आंदोलन की शुरुआत का पता लगा सके। यह रेखांकित किया जाना चाहिए कि चार्टिस्ट एक स्टॉक (या अन्य निवेश) की आपूर्ति एवं माँग में बदलाव की शुरुआत का पता लगाने के लिए अत्यधिक चिंतित हैं, ताकि वे एक नए संतुलन को खोजने के साथ जुड़े मूल्य-परिवर्तनों से लाभ उठा सकें।

इतिहास और पृष्ठभूमि

तकनीकी विश्लेषण, शायद, सुरक्षा विश्लेषण का सबसे पुराना रूप है। यह माना जाता है कि पहला तकनीकी विश्लेषण सत्रहवीं में जापान में हुआ था, जहाँ विश्लेषकों ने चावल में मूल्य-परिवर्तन की साजिश के लिए चार्ट का उपयोग किया था। वास्तव में, कई वर्तमान जापानी विश्लेषक अभी भी अपने स्टॉक एक्सचेंज में कीमतों का पूर्वानुमान लगाने के लिए तकनीकी विश्लेषण पर भरोसा करते हैं, जो दुनिया में दूसरा सबसे बड़ा है। संयुक्त राज्य अमेरिका में 100 से अधिक वर्षों के लिए तकनीकी विश्लेषण का उपयोग किया गया है। विश्लेषण का यह रूप विशेष रूप से सदी के मोड़ पर मददगार था, जब निवेशकों को वित्तीय विवरण आमतौर पर उपलब्ध नहीं थे।

हाल के वर्षों में, पर्सनल कंप्यूटरों के निरंतर उपयोग से तकनीकी विश्लेषण में काफी वृद्धि हुई है और कई सॉफ्टवेयर पैकेजों को इन बढ़ी हुई जरूरतों को पूरा करने के लिए विकसित किया गया है। इस प्रकार तकनीकी विश्लेषण न केवल शेयरों और उनके बाजारों पर लागू किया जा सकता है, बल्कि बॉण्ड, कमोडिटी, फिक्स्ड-इन्कम मार्केट, बाजारों के भीतर के उद्योग और मुद्राओं में भी लागू किया जा सकता है। इसके अलावा, तकनीकी विश्लेषण के सबसे लोकप्रिय वर्तमान अनुप्रयोगों में से एक वायदा डेरिवेटिब्स के लिए है।

कारोबार नियम

तकनीकी विश्लेषक कई नियमों पर भरोसा करते हैं—अकसर निवेश के साथ खरीदने, बेचने या कुछ भी न करने का निर्णय लेते समय एक साथ कई तरह का उपयोग करते हुए। कुछ सबसे प्रसिद्ध नियम विपरीत राय के नियम हैं, परिष्कृत निवेशकों का पालन करनेवाले नियम और बाजार की कीमतों एवं मात्रा का पालन करनेवाले नियम। हालाँकि अन्य प्रकार के पूर्वानुमानों के साथ इन नियमों की व्याख्या विभिन्न तरीकों से की जा सकती है, जिससे एक ही जानकारी का उपयोग करके विभिन्न प्रकार के पूर्वानुमानों का नेतृत्व किया जा सकता है।

पहला प्रकार, विपरीत राय के नियम, यह बनाए रखता है कि अधिकांश निवेशक स्टॉक के फैसले के बारे में ज्यादातर समय गलत होते हैं, लेकिन विशेष रूप से बाजार के उच्च चढ़ाव पर। इस प्रकार, जब अधिकांश निवेशक बहुत मंदी में होते हैं तो इस नियम का उपयोग करनेवाला एक चार्टिस्ट कहता है कि यह खरीदने का एक अच्छा समय है; इसके विपरीत, जब निवेशक मजबूत होता है तो यह नियम बताएगा कि बेचना सबसे अच्छी काररवाई है।

उपर्युक्त कुछ नियमों का उपयोग करने के अलावा चार्टिस्ट अकसर अपने क्रय निर्णय लेते समय स्टॉक की कीमतों और ट्रेडिंग वॉल्यूम को ध्यान में रखते हैं। 'डॉव सिद्धांत' का दावा है कि स्टॉक की कीमतें तीन अलग-अलग चरणों में चलती हैं—

(1) लंबी अवधि के रुझान (Longer-term Trends)

लंबी अवधि की प्रवृत्ति। कोई भी मूल्य आंदोलन, जो एक महत्त्वपूर्ण अवधि में होता है, अकसर एक साल से तीन साल या पाँच साल तक। दीर्घकालिक रुझानों की भविष्यवाणी करना मुश्किल है और वे अकसर प्रवृत्ति के खिलाफ संक्षिप्त बदलाव से बाधित होते हैं। प्रभाव अल्पावधि में आ जाएगा, फिर आप नोटिस कर सकते हैं; लेकिन दीर्घकालिक निवेश के लिए आपको दीर्घकालिक प्रवृत्ति की जाँच करनी होगी।

(2) छोटी चाल (Short-run Movements)

इंटरमीडिएट ट्रेंड या मिड टर्म ट्रेंड मध्यवर्ती प्रवृत्ति। प्रतिभूतियों के प्रदर्शन की कीमत में एक सामान्य आंदोलन, जो तीन सप्ताह से छह महीने की अवधि तक हो सकता है, विश्लेषक समझाने के लिए एक सुरक्षा में चक्रीय व्यवहार के लिए निरीक्षण करेंगे।

(3) लाभ और लघु-चाल आंदोलन

- अल्पकालिक प्रवृत्ति। कुछ घंटों या दिनों की अवधि में एक परिसंपत्ति की कीमत में एक आंदोलन। दिन के व्यापारी और तकनीकी विश्लेषक

अल्पकालिक रुझानों से लाभ का प्रयास करते हैं।

स्टॉक की कीमतों का विश्लेषण करते समय चार्टिस्ट यह समझने की कोशिश करते हैं कि लंबी अवधि के मूल्य-निर्धारण के रुझान किस तरह से बढ़ रहे हैं, यह महसूस करते हुए कि विपरीत दिशा में अल्पकालिक रुझान होंगे। स्टॉक मूल्य-परिवर्तनों में रुचि रखने के अलावा चार्टिस्ट स्टॉक के ट्रेडिंग वॉल्यूम में अपने सामान्य ट्रेडिंग वॉल्यूम के सापेक्ष भी रुचि रखते हैं; जबकि स्टॉक की कीमत में बदलाव ट्रेडिंग गतिविधि के शुद्ध प्रभाव को इंगित करता है। यह इस बारे में कोई जानकारी नहीं देता है कि स्टॉक के बारे में सार्वजनिक हित कितने व्यापक हैं! इस प्रकार यदि भारी ट्रेडिंग के माहौल में स्टॉक की कीमत बढ़ जाती है और फिर लाइटर ट्रेडिंग में एक झटका लगता है तो चार्टिस्ट शायद इसे स्टॉक में एक तेजी के रूप में देखेंगे, यह सोचकर कि केवल कुछ निवेशक लाभ कमाने के लिए बेच रहे थे।

तकनीकी विश्लेषक भी अपने निर्णयों को प्रभावित करने के लिए बाजार के माप की चौड़ाई का उपयोग करते हैं। यह एक उपाय है, जो शेयरों के मूल्य में हुई वृद्धि की संख्या से तुलना करता है, जो संख्या घट गई है और जो संख्या फिर से है।

नुकसान, जैसा कि पहले कहा गया था

तकनीकी विश्लेषक उन रुझानों के कारण के संबंध में बाजार और सुरक्षा रुझानों की जाँच करके निर्णय लेते हैं। इसके विपरीत, मूलभूत विश्लेषकों ने आम जनता के लिए उपलब्ध होने से पहले कंपनियों और बाजारों के बारे में सटीक जानकारी पर भरोसा करके अपने फैसले किए। चूँकि तकनीकी विश्लेषकों का मानना है कि इस जानकारी को जल्दी से प्राप्त करना और संसाधित करना संभव है। तकनीकी विश्लेषण से संबंधित कई फायदे सीधे मौलिक विश्लेषण के नुकसान के साथ मेल खाते हैं।

उदाहरण के लिए, जोखिम और भविष्य के रिटर्न को प्रोजेक्ट करने के लिए, मूलभूत विश्लेषक किसी कंपनी या उद्योग के पिछले प्रदर्शन

की जानकारी के लिए वित्तीय विवरणों पर बहुत अधिक निर्भर करते हैं। तकनीकी विश्लेषक आंदोलन के भविष्य की भविष्यवाणी कर सकते हैं। इसलिए तकनीकी विश्लेषण केवल तभी काम कर सकता है, जब सुरक्षा बाजार किसी तरह से अक्षम हों। हालाँकि हाल के अध्ययनों से पता चलता है कि छोटे लाभों को अधिक जटिल तकनीकी ट्रेडिंग नियमों से चमकाया जा सकता है, फिर भी पिछले मूल्य-निर्धारण पैटर्न भविष्य में हमेशा दोहराए नहीं जाते हैं।

एक पूर्वानुमान तकनीक एक समय के लिए काम कर सकती है, लेकिन बाद में एक प्रमुख बाजार मोड को याद करती है। तकनीकी विश्लेषण का एक और नुकसान यह है कि मूल्य-निर्धारण के पूर्वानुमान स्वयं-पूर्ति की भविष्यवाणी कर सकते हैं। इस प्रकार, यदि किसी दिए गए मूल्य को पारित करते समय किसी शेयर की कीमत में वृद्धि की भविष्यवाणी की जाती है तो यह कभी-कभी ऐसा शुद्ध रूप से करेगा; क्योंकि लोग स्टॉक को सीमा मूल्य पर खरीदेंगे, जिससे यह वृद्धि जारी रहने की उम्मीद है। इस स्थिति में शेयर की कीमत आमतौर पर बाद में अपने वास्तविक संतुलन मूल्य पर लौट आती है।

एक अंतिम समस्या यह है कि पूर्वानुमान लगाने में शामिल व्यक्तिपरक निर्णय का एक बड़ा हिस्सा है। दो विश्लेषक समान मूल्य-निर्धारण इतिहास को देख सकते हैं और बहुत अलग मूल्य अनुमानों पर पहुँच सकते हैं।

'तकनीकी विश्लेषण' पिछले मूल्य बदलाव और बाजार गतिविधि के अन्य नमूदार संकेतकों की जाँच करके सुरक्षा कीमतों का पूर्वानुमान लगाने की एक विधि है। यह तकनीक वित्तीय विवरणों के आधार पर मौलिक मूल्यांकन के अधिक पारंपरिक तरीके को खारिज करती है। 'तकनीकी विश्लेषण' को भी मूल्य-निर्धारण प्रक्रिया में दक्षता की कमी की आवश्यकता होती है; हालाँकि कई अध्ययनों से संकेत मिलता है कि प्रमुख सुरक्षा बाजार अत्यधिक हैं, यदि पूरी तरह से कुशल नहीं हैं।

मूल्य : ऊपर और नीचे

अर्थशास्त्र के अनुसार, यह सिद्धांत बाजार में हर जगह काम करता है। इसका मतलब है कि आपूर्ति व माँग के कारण शेयर की कीमतें बदलती रहती हैं। यदि अधिक लोग इसे (आपूर्ति) बेचने की तुलना में स्टॉक (माँग) खरीदना चाहते हैं तो कीमत बढ़ जाती है। इसके विपरीत, यदि अधिक लोग इसे खरीदने की तुलना में स्टॉक बेचना चाहते हैं तो माँग की तुलना में अधिक आपूर्ति होगी और कीमत गिर जाएगी।

कोई प्रवृत्ति बाजार मूल्य की सामान्य दिशा है। स्टॉक जैसे सभी बाजारों में अपग्रेड और डाउनट्रेंड होते हैं। डेटा में रुझान भी होते हैं, जैसे कि कीमतों की आवा-जाही महीने भर से बढ़ जाती है या गिर जाती है।

प्रमुख प्रकार के रुझान (Major types of Trends)

1. बुल ट्रेंड Bull Trend

बुल मार्केट क्या है?

- एक बुल मार्केट बाजार और शेयर की स्थिति है, जिसमें कीमतें बढ़ रही हैं और भविष्य में बढ़ने की उम्मीद है। 'बुल मार्केट' शब्द का प्रयोग अकसर शेयर बाजार को संदर्भित करने के लिए किया जाता है; लेकिन जो कुछ भी कारोबार किया जाता है, उस पर लागू किया जा सकता है, क्योंकि ट्रेडिंग के दौरान शेयरों की कीमतें अनिवार्य रूप से बढ़ती व गिरती हैं। 'बुल मार्केट' शब्द महीनों या वर्षों तक चलनेवाला है।

2. बीयर ट्रेंड Bear Trend

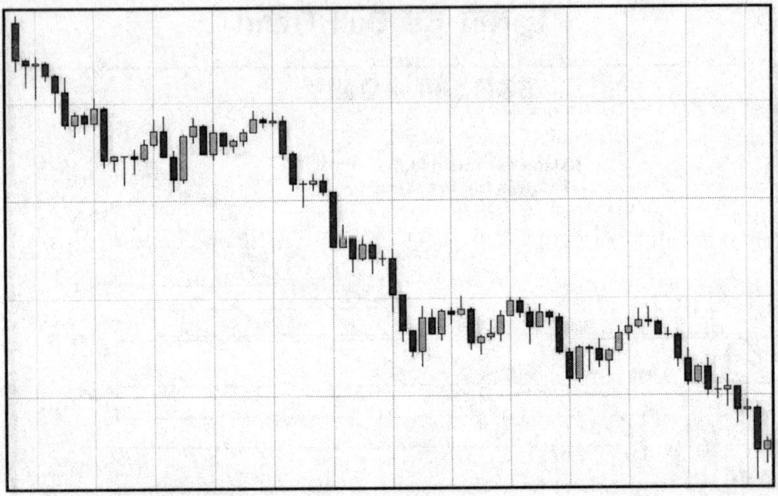

बीयर मार्केट क्या है?

- एक 'बीयर मार्केट' तब होता है, जब एक बाजार लंबे समय तक मूल्य में गिरावट का अनुभव करता है। यह आमतौर पर एक ऐसी स्थिति का वर्णन करता है, जिसमें शेयर की कीमतें व्यापक निराशावाद और नकारात्मक निवेशक धारणा के बीच हाल के उच्च स्तर से 20 प्रतिशत या उससे अधिक गिरती हैं। बीयर मार्केट अकसर एक समग्र बाजार या सूचकांक में गिरावट के साथ जुड़े होते हैं। वे निरंतर अवधि में 20 प्रतिशत या उससे अधिक की गिरावट का अनुभव करते हैं—आमतौर पर दो महीने या उससे अधिक। बीयर मार्केट में मंदी, जैसे सामान्य आर्थिक मंदी, भी हो सकती है।

बीयर मार्केट के तीन चरण हैं। पहले चरण में बाजार में 20 प्रतिशत की गिरावट आएगी। 20 प्रतिशत सुधार के बाद बाजार में तेजी का रुख होगा।

दूसरा चरण वह है, जिसमें बाजार में 40 प्रतिशत तक की गिरावट आएगी और रिवर्स होगा।

तीसरे चरण में बाजार में 60 प्रतिशत तक तक की गिरावट आएगी और फिर रिवर्स होगा।

आपको चरण के बारे में बहुत स्पष्ट होना चाहिए और यह भी याद रखना चाहिए कि बीयर की प्रवृत्ति अस्थायी है और बाजार के मामले में बुल की प्रवृत्ति स्थायी है।

शेयर प्रवृत्ति के मामले में बुनियादी बातों पर निर्भर करते हैं। यदि स्टॉक मौलिक रूप से अच्छा है तो शेयर की कीमत कुछ समय के बाद बुल की प्रवृत्ति में आ जाएगी और यदि स्टॉक में अच्छे फंडामेंटल नहीं हैं तो बुल की प्रवृत्ति में आने का कोई मौका नहीं है।

3. साइड वेज Side Ways

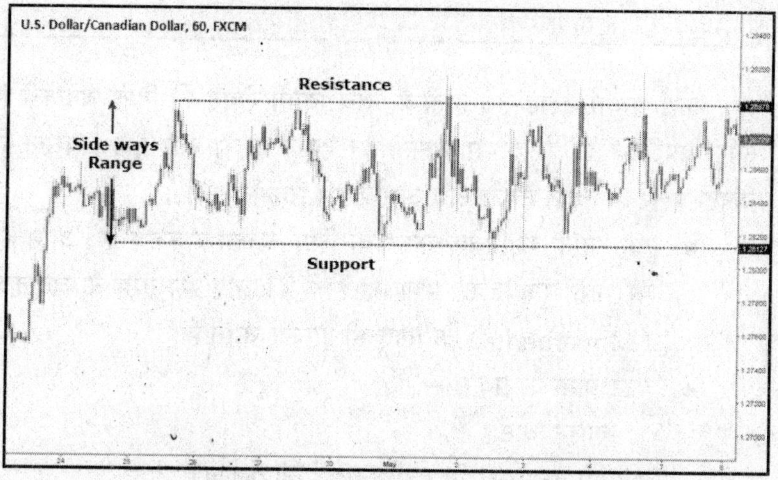

बगल में बाजार तब होता है, जब निवेश की कीमतें किसी भी अवधि के लिए एक तंग सीमा के भीतर रहती हैं। वे पिछले उच्चतम मूल्य से अधिक ऊँचा या एक ब्रेकआउट नहीं बनाते हैं। एक बगल में प्रवृत्ति अकसर शेयर बाजार को संदर्भित करती है। इस बार लघु निवेशक लाभ कमाएगा, क्योंकि वह स्टॉक की सीमा जानता है। जब स्टॉक उसके नीचे निवेश करेगा और जब

यह उच्च स्तर को छुएगा तो वह स्टॉक को बेच देगा और लाभ बुक करेगा। आदर्श यह अच्छा है, जब स्टॉक समर्थन को तोड़ता है।

4. ट्रेंड रिवर्सल Trend Reversal

कोई प्रवृत्ति उलट तब होती है, जब किसी शेयर की दिशा बदलती है और विपरीत दिशा में वापस चलती है। डाउन ट्रेंड्स और ट्रेंड रिवर्सल में उलट-पलट होनेवाले ट्रेंड्स अप और ट्रेंड्स रिवर्सल भी।

- यह स्टॉक में निवेश करने के लिए अच्छा संकेतक है। आमतौर पर भारी मुनाफे की संभावना होती है। आप इस तरह के बदलाव (Movements) के लिए भी इंतजार करते हैं।
- चार्ट/ग्राफ के प्रकार—
  1. लाइन चार्ट
  2. ओ.एच.एल.सी. (ओपन हाई लो क्लोज)
  3. कैंडल स्टिक चार्ट।

लाइन चार्ट

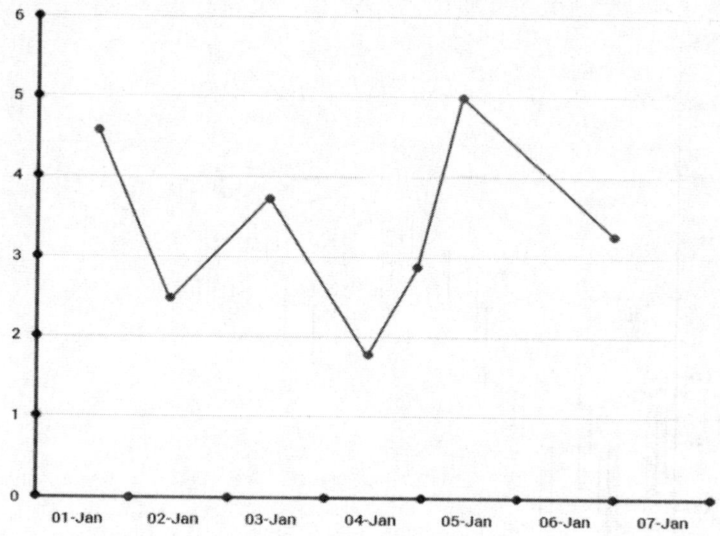

एक लाइन चार्ट या लाइन प्लॉट या लाइन ग्राफ या कर्व चार्ट एक प्रकार का चार्ट है, जो सीधे लाइन सेगमेंट द्वारा जुड़े 'मार्कर' नामक डेटा बिंदुओं की एक शृंखला के रूप में सूचना प्रदर्शित करता है। यह कई क्षेत्रों में एक सामान्य प्रकार का चार्ट है।

लाइन ग्राफ उपयोगी होते हैं। वे डेटा बदलाव और रुझान को बहुत स्पष्ट रूप से दिखाते हैं और डेटा के परिणामों के बारे में भविष्यवाणियाँ करने में मदद कर सकते हैं, जो अभी तक रिकॉर्ड नहीं किए गए हैं। उनका उपयोग एक स्वतंत्र बदलाव के खिलाफ कई निर्भर चर प्रदर्शित करने के लिए भी किया जा सकता है।

ओ.एच.एल.सी. (ओपन हाई लो क्लोज)

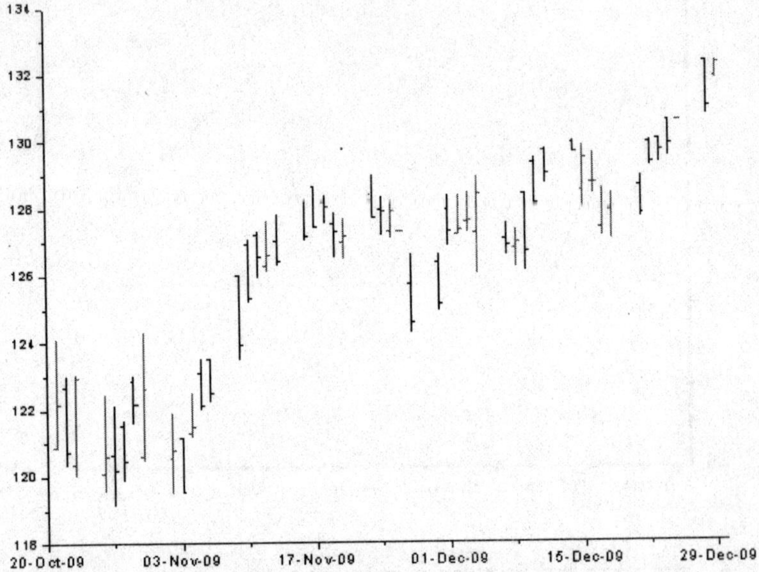

एक ओ.एच.एल.सी. चार्ट एक प्रकार का बार चार्ट है, जो प्रत्येक अवधि के लिए खुले, उच्च, निम्न और समापन मूल्य दिखाता है। ओ.एंच. एल.सी. चार्ट उपयोगी होते हैं, क्योंकि वे एक अवधि में चार प्रमुख डेटा बिंदु दिखाते हैं, जिसमें समापन मूल्य कई व्यापारियों द्वारा सबसे महत्त्वपूर्ण माना जाता है।

ओ.एच.एल.सी. चार्ट उपयोगी होते हैं, क्योंकि वे एक अवधि में चार प्रमुख डेटा बिंदु दिखाते हैं, जिसमें समापन मूल्य कई व्यापारियों द्वारा सबसे महत्त्वपूर्ण माना जाता है। चार्ट प्रकार उपयोगी है, क्योंकि यह बढ़ती या घटती गति दिखा सकता है।

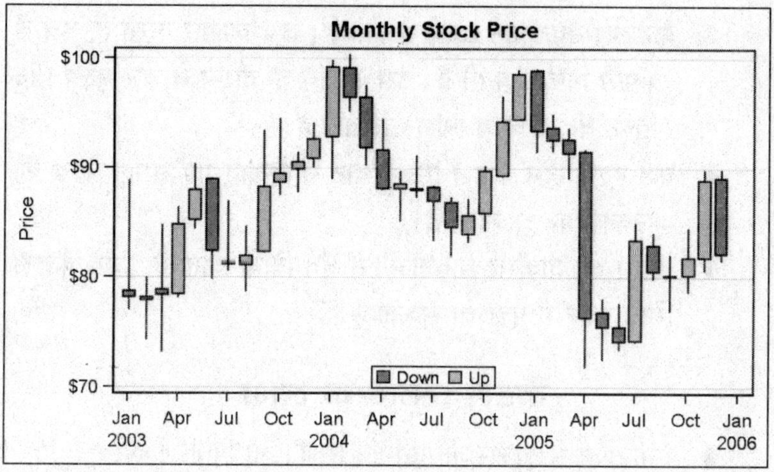

कैंडल स्टिक चार्ट अब एक बहुत शक्तिशाली चार्ट है। आमतौर पर यह लाल रंग या हरे रंग को दरशाता है। जब मोमबत्ती लाल होती है तो मूल्य में कमी होती है। यदि मोमबत्ती का रंग हरा है तो कीमत बढ़ रही है।

कैंडल स्टिक चार्ट की उत्पत्ति जापान में 100 साल से पहले हुई, जब पश्चिम ने बार और पॉइंट-एंड-फिगर चार्ट विकसित किए। वर्ष 1700 के दशक में 'होमा' नाम के एक जापानी व्यक्ति ने यह पाया कि जबकि मूल्य और चावल की आपूर्ति व माँग के बीच एक संबंध था, बाजार व्यापारियों की भावनाओं से बहुत प्रभावित थे।

कैंडल स्टिक चार्ट यह दरशाता है कि विभिन्न रंगों के साथ मूव्स के आकार को नेत्रहीन रूप से दरशाते हुए भावना। व्यापारी नियमित रूप से होनेवाले पैटर्न के आधार पर ट्रेडिंग निर्णय लेने के लिए कैंडल स्टिक चार्ट का उपयोग करते हैं, जो मूल्य की अल्पकालिक दिशा का अनुमान लगाने में मदद करते हैं।

- कैंडल स्टिक चार्ट का उपयोग व्यापारियों द्वारा पिछले पैटर्न के आधार पर संभावित मूल्य आंदोलन को निर्धारित करने के लिए किया जाता है।

कैंडल स्टिक चार्ट उपयोगी होते हैं। जब व्यापार करते हैं, तब वे व्यापारी निर्दिष्ट करते हैं। उस अवधि के दौरान वे चार मूल्य बिंदु (खुले, बंद, उच्च व निम्न) दिखाते हैं।

- कई एल्गोरिद्म कैंडल स्टिक चार्ट में दिखाए गए समान मूल्य की जानकारी पर आधारित हैं।
- ट्रेडिंग को अकसर भावनाओं से तय किया जाता है, जिसे कैंडल स्टिक चार्ट में पढ़ा जा सकता है।

कैंडल स्टिक के लाभ

- एक नजर में बाजार की वर्तमान स्थिति का निर्धारण करें।
- बाजार की दिशा को अधिक आसानी से देखें।
- बाजार के पैटर्न को जल्दी पहचानें।

कैंडल स्टिक चार्ट में बहुत सारे विश्लेषण हैं। हम यहाँ कुछ उपकरण दे रहे हैं, जो बहुत प्रभावी थे और आप निवेश करते समय उनका उपयोग कर सकते हैं—

बुलिश कैंडल Bullish candle

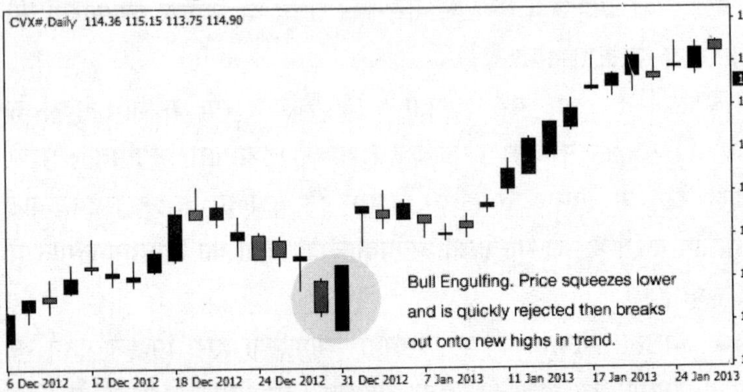

- Bullish Candle : बुलिश को मैं एक पैटर्न बनाता हूँ, जब क्लोज ओपन (आमतौर पर हरे) से अधिक होता है। Bearish

Candle : जब क्लोज ओपन से कम होता है (लाल)।

- बुलिश पैटर्न डाउन ट्रेंड के बाद बन सकते हैं और मूल्य बदलाव के उलट संकेत कर सकते हैं। वे व्यापारियों के लिए एक विस्तारित स्थिति खोलने पर विचार करने के लिए एक संकेतक हैं।

बियरिश कैंडल Bearish Candle

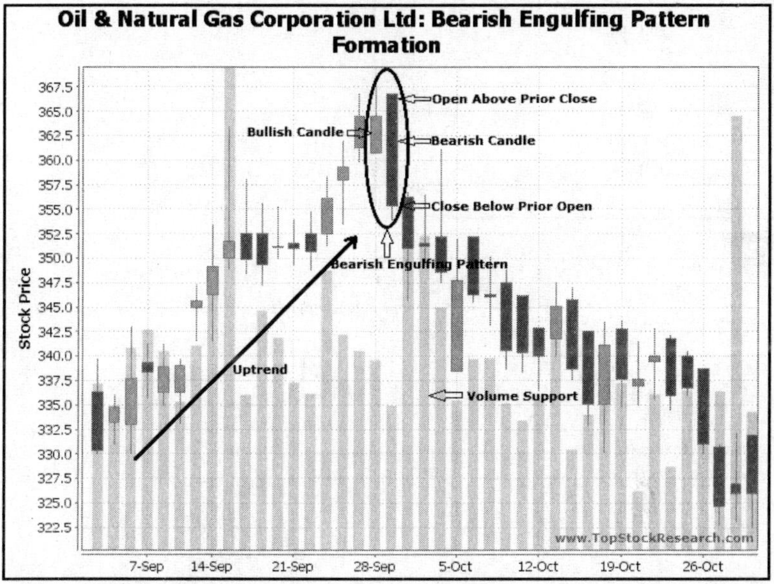

मंदी की आच्छादन पद्धति एक तकनीकी चार्ट पैटर्न है, जो आनेवाली कम कीमतों का संकेत देता है। पैटर्न में एक ऊपर (हरी) कैंडल स्टिक होती है, उसके बाद एक बड़ी (लाल) कैंडल स्टिक होती है, जो छोटी मोमबत्ती को ग्रहण या संलग्न करती है।

- बियरिश पैटर्न एक अपट्रेंड के बाद बन सकते हैं और मूल्य आंदोलन के उलट संकेत कर सकते हैं। वे व्यापारियों के लिए एक छोटी स्थिति खोलने पर विचार करने के लिए एक संकेतक हैं।

दोजी (Doji)

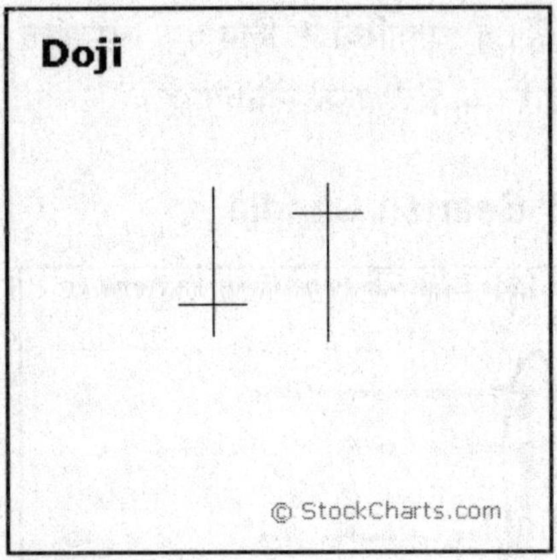

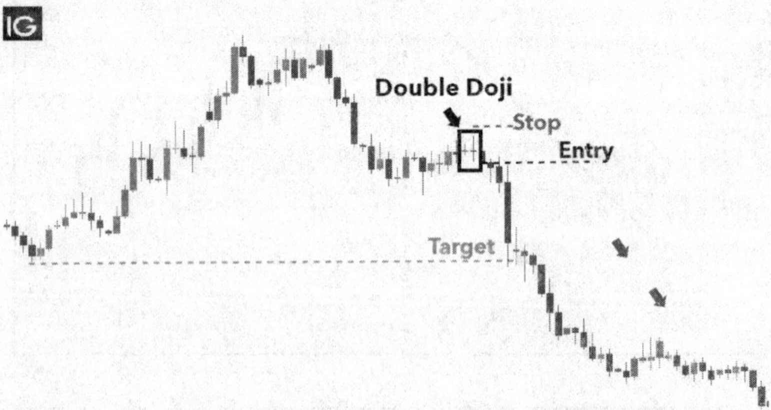

दोजी एक सत्र का नाम है, जिसमें सुरक्षा के लिए कैंडल स्टिक में एक खुला और करीब होता है, जो लगभग समान होते हैं और अकसर पैटर्न में घटक होते हैं। दोजी कैंडल स्टिक्स एक क्रॉस, उलटे क्रॉस या प्लस साइन की तरह दिखते हैं। अकेले दोजी तटस्थ पैटर्न हैं, जिन्हें कई महत्त्वपूर्ण पैटर्न में भी चित्रित किया गया है।

हैमर (Hammer)

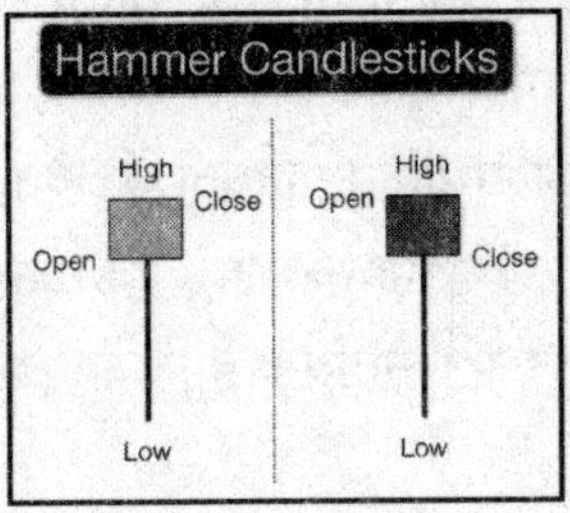

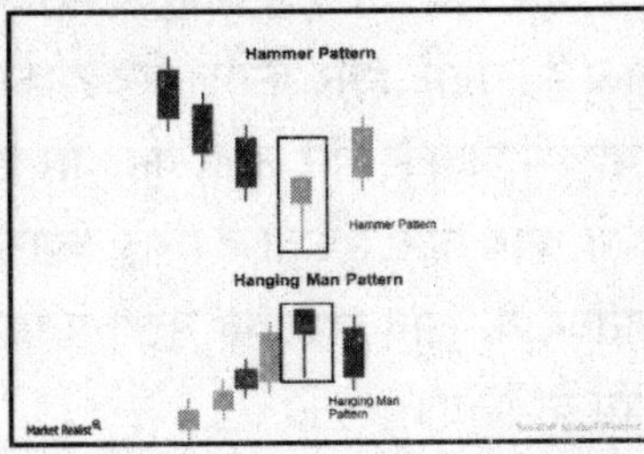

कैंडल स्टिक चार्टिंग में हैमर एक मूल्य पैटर्न है, जो तब होता है, जब सुरक्षा अपने उद्घाटन की तुलना में काफी कम होती है; लेकिन उद्घाटन मूल्य के करीब आने की अवधि के भीतर रैलियाँ होती हैं। यह पैटर्न एक हैमर के आकार की कैंडल स्टिक बनाता है, जिसमें निचली छाया वास्तविक शरीर के आकार से कम-से-कम दोगुनी होती है। हैमर व्यापारियों को यह देखने में मदद करने के लिए एक अत्यंत सहायक कैंडल स्टिक पैटर्न है, जहाँ समर्थन और माँग स्थित है। एक डाउनट्रेंड के बाद हैमर व्यापारियों को संकेत दे सकता है कि डाउनट्रेंड खत्म हो सकता है और छोटे पदों को संभावित रूप से कवर किया जा सकता है

उलटे हैमर (Inverted Hammer)

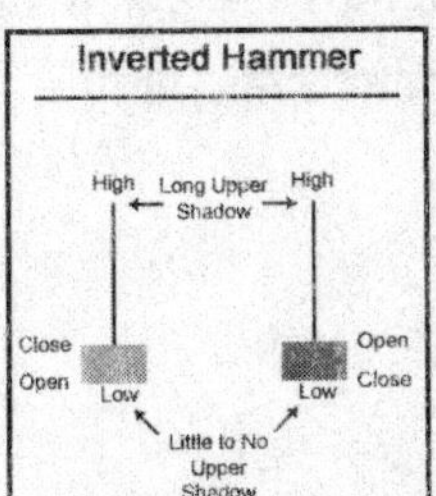

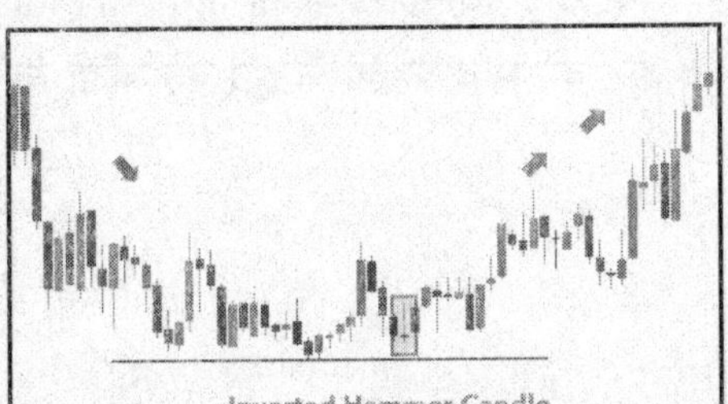

उलटा हैमर एक प्रकार का कैंडल स्टिक पैटर्न है, जो एक डाउनट्रेंड के बाद पाया जाता है और आमतौर पर ट्रेंड-रिवर्सल सिग्नल के रूप में

लिया जाता है। उलटा हैमर, हैमर कैंडल स्टिक पैटर्न के उल्टे संस्करण जैसा दिखता है और जब यह एक अपट्रेंड में दिखाई देता है तो उसे 'शूटिंग स्टार' कहा जाता है। उलटे हैमर कैंडल स्टिक का गठन मुख्य रूप से डाउनट्रेंड के निचले भाग में होता है और ऊपर की ओर एक संभावित प्रतिवर्ती की चेतावनी के रूप में कार्य कर सकता है। यह ध्यान रखना महत्त्वपूर्ण है कि इन्वर्टेड पैटर्न खरीदने के लिए संभावित मूल्य परिवर्तन की चेतावनी है, न कि संकेत और स्तरों के लिए।

बेरीश हरामी (Bearish Harami)

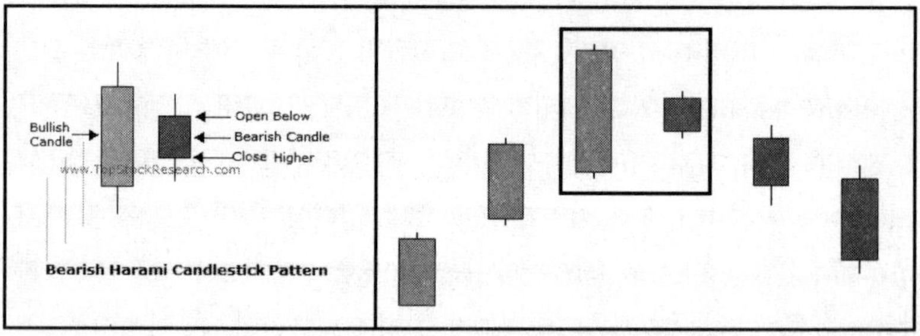

बेरीश हरामी एक जापानी कैंडल स्टिक पैटर्न है, जो सुझाव देता है कि कीमतें जल्द ही उलटी हो सकती हैं। पैटर्न में एक लंबी सफेद मोमबत्ती होती है और उसके बाद एक छोटी काली मोमबत्ती होती है। दूसरी कैंडल के खुलने और बंद होने का भाव पहली कैंडल की बॉडी के भीतर होना चाहिए।

बुलिश हरामी (Bullish Harami)

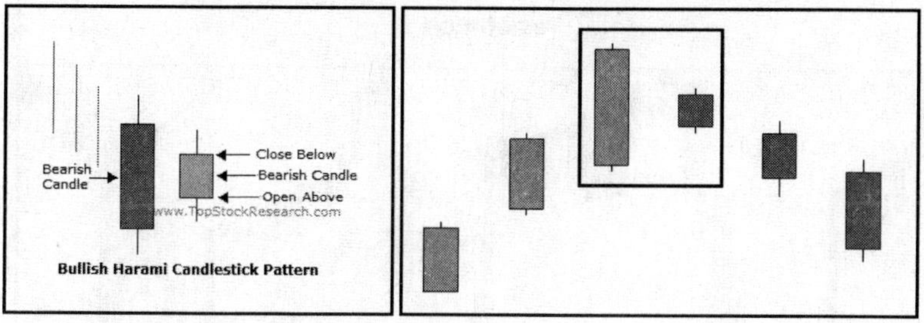

बुलिश हरामी एक बुनियादी कैंडल स्टिक चार्ट पैटर्न है, जो दरशाता है कि बाजार में मंदी की प्रवृत्ति उलट हो सकती है।

सहयोग (Support)

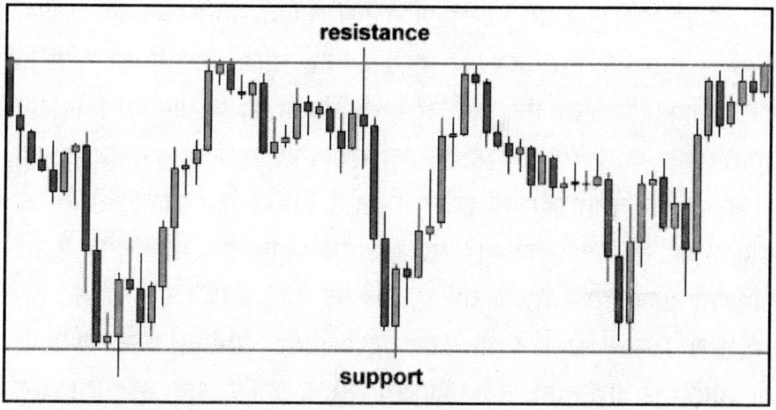

देखने के लिए सबसे महत्त्वपूर्ण चार्ट में से एक यह इंगित करता है कि खरीदार अपने आराम को समाप्त कर रहे हैं और फिर से स्टॉक खरीदना शुरू कर रहे हैं। यह एकल मोमबत्ती आपको तब मिलनी चाहिए, जब यह किसी समर्थन स्तर के पास हो। इस तरह के स्तर को अकसर चलती औसत द्वारा परिभाषित किया जाता है, जो अपट्रेंड के दौरान एक चलते समर्थन स्तर के रूप में कार्य करता है।

प्रतिरोध (Resistance)

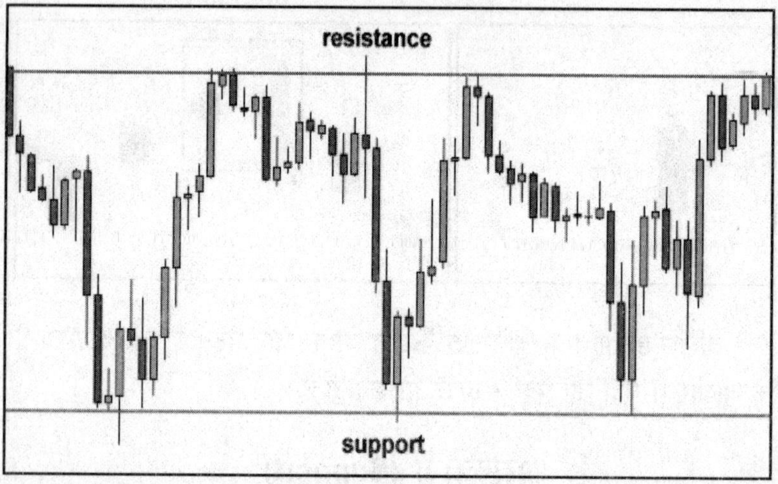

देखने के लिए सबसे महत्त्वपूर्ण चार्ट में से एक प्रतिरोध की अवधारणाएँ निस्संदेह तकनीकी विश्लेषण की सबसे अधिक चर्चित विशेषताओं में से दो हैं। तकनीकी विश्लेषक एक चार्ट पर मूल्य बिंदुओं की पहचान करने के लिए प्रतिरोध स्तर का उपयोग करते हैं, जहाँ संभावनाएँ प्रचलित होने का ठहराव या उलट-फेर करती हैं। यह इंगित करता है कि खरीदार अपने आराम को समाप्त कर रहे हैं और फिर से स्टॉक खरीदना शुरू कर रहे हैं। यह एकल मोमबत्ती आपको तब मिलनी चाहिए, जब यह कुछ प्रतिरोध स्तर के पास हो। इस तरह के स्तर को अकसर चलते औसत द्वारा परिभाषित किया जाता है, जो अपट्रेंड के दौरान एक चलते प्रतिरोध स्तर के रूप में कार्य करता है। इससे निवेश के लिए लंबे समय तक न चलने के लिए सलाह दी जाती है।

प्रतिरोध ब्रेकआउट (Resistance Breakout)

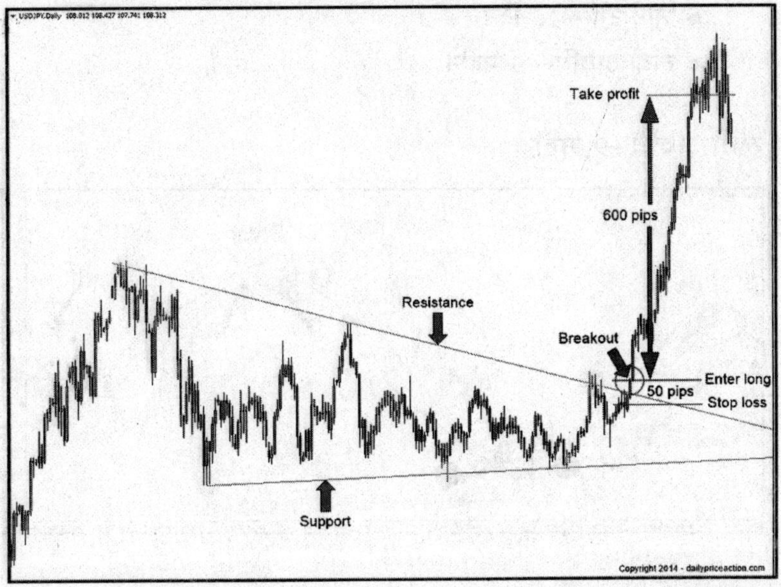

यह चरण ज्ञात है कि प्रतिरोध ब्रेकआउट है। इस प्रकार के संकेतों के लिए आपको बहुत सावधान रहना होगा। इस प्रकार के संकेत आपको भारी लाभ देंगे। स्टॉक में प्रवेश करते समय सावधान रहें, आपको मूलभूत बातें भी जाँचनी होंगी।

तकनीकी विश्लेषण का यह उपकरण सबसे प्रभावी उपकरण है। आपके पास समर्थन प्रतिरोध में पैसा बनाने का अच्छा अवसर है। बहुत सारे निवेशक इस प्रकार के संकेतों की प्रतीक्षा कर रहे हैं और एक बार जब उन्हें इस प्रकार का संकेत मिल जाता है तो वे स्टॉक में प्रवेश कर जाते हैं।

सामान्य गति (Moving Average)

- शॉर्ट टर्म—20 दिन
- लंबी अवधि—9 महीने

लंबी अवधि–9 महीने

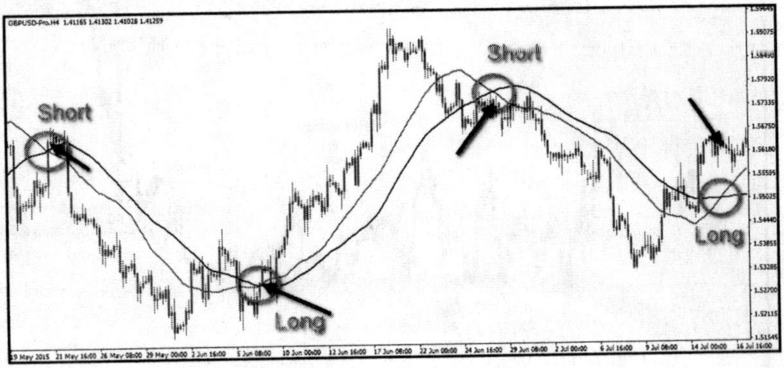

एक, चलते औसत (MA) तकनीकी विश्लेषण में एक व्यापक रूप से इस्तेमाल किया जानेवाला संकेतक है, जो यादृच्छिक अल्पकालिक मूल्य में उतार-चढ़ाव से 'शोर' को फिल्टर करके मूल्य कारवाई को सुचारु बनाने में मदद करता है। यह एक ट्रेंड-फॉलोइंग या लैगिंग, संकेतक है, क्योंकि यह पिछले मूल्यों पर आधारित है।

दो, बुनियादी और आमतौर पर इस्तेमाल किया जानेवाला मूविंग एवरेज सिंपल मूविंग एवरेज (SMA) है, जो एक निर्धारित समयावधि में सुरक्षा का सरल औसत है और 'घातीय मूविंग एवरेज' (EMA), जो वर्तमान कीमतों में अधिक बढ़ोतरी करता है।

मूविंग एवरेज के सबसे सामान्य अनुप्रयोग प्रवृत्ति दिशा की पहचान करना और समर्थन व प्रतिरोध स्तर को निर्धारित करना है; जबकि मूविंग एवरेज अपने आप में काफी उपयोगी होते हैं। चूँकि हमारे पास विशिष्ट प्रकार के चलते औसत के आसपास व्यापक परिभाषाएँ और लेख हैं, हम केवल

'चलते औसत' शब्द को आमतौर पर यहाँ परिभाषित करेंगे।

सरल मूविंग एवरेज (SMA) की गणना कई अवधियों पर एक साधन की कीमत को जोड़कर की जाती है और फिर समयावधि की संख्या से योग को विभाजित करके। SMA मूल रूप से दी गई समयावधि की औसत कीमत है, जिसमें प्रत्येक अवधि की कीमत के बराबर भार दिया जाता है। जब यह मंदी की प्रवृत्ति में पार हो जाता है तो आपको लंबे पदों के लिए जाना पड़ता है। यदि यह तेजी की प्रवृत्ति को पार करता है तो इसका मतलब है कि आपको छोटे पदों के लिए जाना होगा।

संक्षेप

तकनीकी विश्लेषण

एक अच्छा विश्लेषण है और सभी चीजें महत्त्वपूर्ण हैं, लेकिन अपने अनुभव के अनुसार हम कुछ महत्त्वपूर्ण उपकरणों पर चर्चा कर रहे हैं।

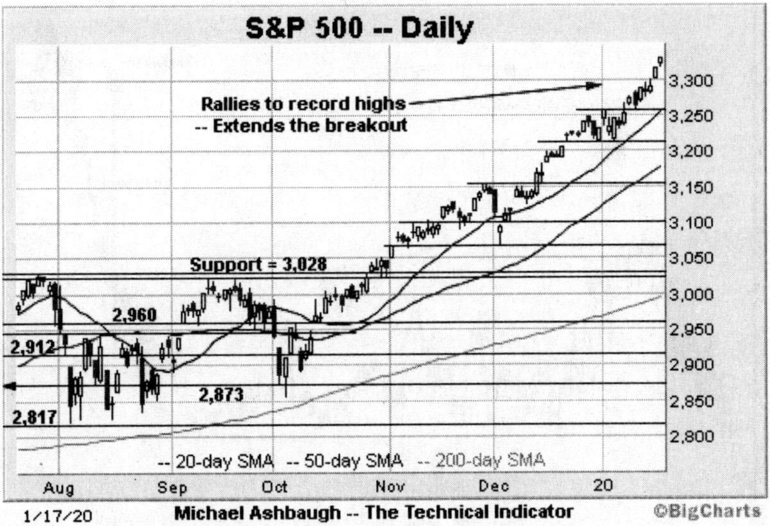

ट्रेंड बेस्ट फ्रेंड है। हमेशा बुल ट्रेंड में निवेश करें।

ट्रेंड रिवर्सल

एक ट्रेंड रिवर्सल भी निवेशक के लिए अच्छा अवसर है।

प्रतिरोध ब्रेकआउट (Resistance Breakout)

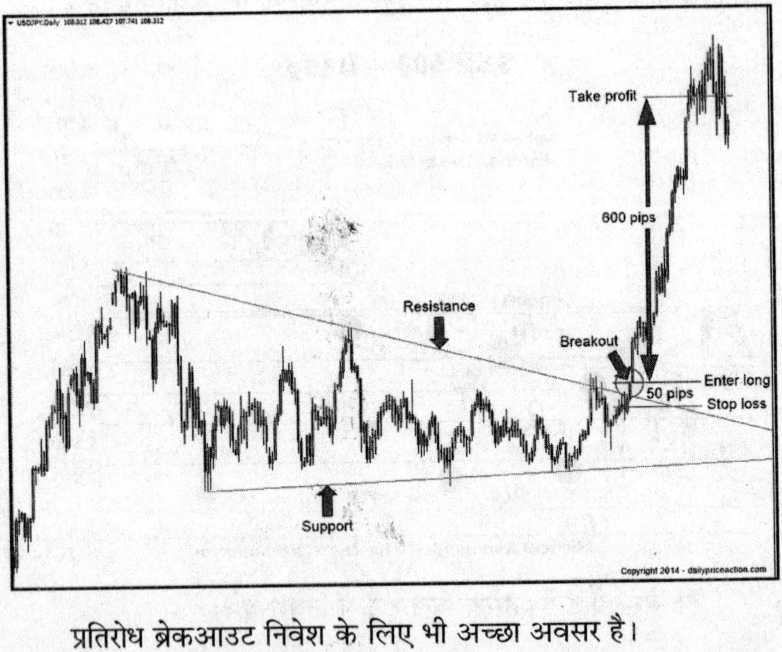

प्रतिरोध ब्रेकआउट निवेश के लिए भी अच्छा अवसर है।

सामान्य गति

- शॉर्ट टर्म—20 दिन
- लंबी अवधि—9 महीने

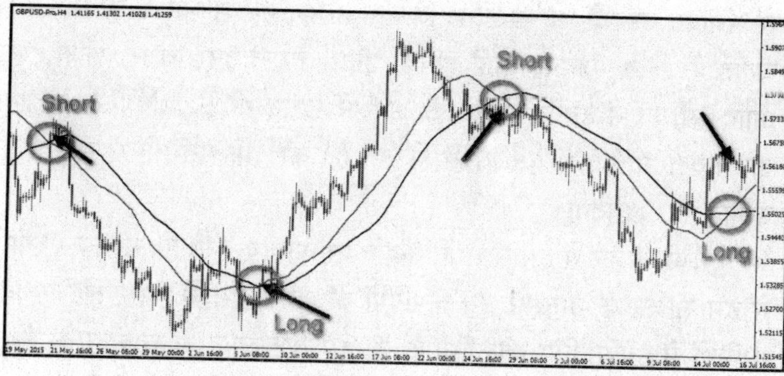

जब यह मंदी की प्रवृत्ति को पार कर जाता है तो आपको निवेश के लिए जाना होगा।

1. मौसमी सिद्धांत

भारत में विभिन्न मौसम, जैसे—गरमी का मौसम, सर्दी का मौसम, बारिश का मौसम आदि ऐसे कई उत्पाद हैं, जो मौसम के अनुसार चलते हैं। गरमियों की तरह आप सूती कपड़े, टी-शर्ट, कॉटन बेडशीट, सन ग्लास

आइसक्रीम, एयर कंडीशनर इत्यादि खरीदे जाएँगे। मौसम के अनुसार आप इन्हें खरीद रहे हैं। गरमियों में केवल ग्रीष्मकालीन उत्पाद।

भारत में सर्दियों का मौसम भी है। सर्दियों के मौसम में लोग सर्दियों से संबंधित उत्पादों को खरीदेंगे। विभिन्न उत्पाद हैं, जो सर्दियों के मौसम में चलते हैं; जैसे—जैकेट, ऊनी कपड़े, हीटर, थर्मल इनर वियर, गीजर, सूट आदि। सीजन में उत्पाद मौसम के अनुसार खरीद रहे हैं। सर्दियों के उत्पादों की केवल सर्दियों में पूरी बिक्री हो रही है। कोई भी गरमियों में सर्दियों के उत्पाद नहीं खरीदेगा।

शेयर बाजार में हम मौसमी सिद्धांत पर काम कर रहे हैं। सीजनल थ्योरी में हम सीजन के अनुसार उन कंपनियों के शेयर खरीदेंगे। मान लीजिए कि गरमियों में आइसक्रीम लोकप्रिय है, तो हम वाडीलाल आइसक्रीम के शेयर खरीदेंगे। आइसक्रीम उत्पादों की बिक्री अप्रैल से जून के बीच होती है।

हम चीजों को अच्छी तरह से समझाएँगे। हमें अप्रैल के महीने में शेयरों को खरीदना होगा और जून के आखिरी या जुलाई के महीने में बेचना होगा।

सर्दियों का मौसम अक्तूबर से दिसंबर तक शुरू हो जाएगा। फिर हम अक्तूबर में शेयर खरीदेंगे और दिसंबर के अंत में बेचेंगे। हम सीजन के अनुसार काम करेंगे।

□

सिद्धांत-1 : सीजनल उत्पाद

चरण 1 : मौसमी बाजार

चरण 2 : उत्पादों को पहचानें

चरण 3 : ब्रांड और सूचीबद्ध कंपनियों की पहचान करें

चरण 4 : बुनियादी बातों की जाँच करें

चरण 5 : तकनीकी जाँच करें।

सिद्धांत-1 : सीजनल उत्पाद

हिंदू कैलेंडर के अनुसार, एक वर्ष में छह ऋतुएँ होती हैं। वैदिक काल से भारत और दक्षिण एशिया के हिंदुओं ने इस कैलेंडर का उपयोग वर्ष के मौसमों के दौरान अपने जीवन को बनाने के लिए किया है। धार्मिक लोग आज भी इसका उपयोग महत्त्वपूर्ण हिंदू त्योहारों और धार्मिक अवसरों के लिए करते हैं।

प्रत्येक सीजन दो महीने लंबा होता है और विशेष उत्सव एवं कार्यक्रम उन सभी के दौरान होते हैं। हिंदू शास्त्रों के अनुसार छह ऋतुएँ हैं—

- वसंत ऋतु : वसंत
- ग्रीष्म ऋतु : ग्रीष्म
- वर्षा ऋतु : मॉनसून
- शरद ऋतु : शरद ऋतु
- हेमंत ऋतु : प्री-विंटर
- शिशिर या शीत ऋतु : सर्दी।

उत्तर भारत की जलवायु ज्यादातर मौसम के इन चिह्नित परिवर्तनों के अनुरूप होती है, दक्षिणी भारत में परिवर्तन कम दिखाई देते हैं, जो भूमध्य रेखा के करीब स्थित हैं।

भारत में मौसमी कारोबार है

एक मौसमी उद्योग क्या है?

एक मौसमी उद्योग से तात्पर्य उन कंपनियों के एक समूह से है, जो अपनी सामान्य व्यावसायिक गतिविधियों से संबंधित हैं। जो प्रत्येक कैलेंडर वर्ष में काफी कम हफ्तों या महीनों के दौरान अपनी आय का अधिकांश हिस्सा अर्जित करते हैं। इन फर्मों के लिए वार्षिक व्यापार चक्र काफी अनुमानित है, इसमें केवल एक या दो उच्च बिंदु होते हैं, जिसके दौरान ग्राहक गतिविधि काफी महत्त्वपूर्ण होती है।

शेष वर्ष या तो अभावग्रस्त या लाभहीन हो जाता है। उदाहरण के लिए, हेलोवीन कंपनी वेशभूषा और सामान या क्रिसमस पेड़ एवं गहने बेचकर अपने व्यापार में भरपूर कमाती है। एक मौसमी उद्योग एक चक्रीय उद्योग से अलग है। पूर्व के अनुभव प्रत्येक वर्ष व्यवसाय के पैटर्न में परिवर्तन का अनुमान लगाते हैं, जबकि बाद वाले कई वर्षों में इस तरह के बदलावों को देखते हैं।

मौसमी उद्योगों को समझना

मौसमी उद्योगों में आमतौर पर ईबे और वार्षिक बिक्री चक्र के साथ प्रवाह होता है। उन्हें पूरे साल अपने व्यवसाय के मालिकों को रखने के लिए मौसमी चोटियों के दौरान पर्याप्त पैसा बनाना चाहिए, अन्यथा इन व्यवसाय मालिकों को ऑफ सीजन के दौरान उन्हें बनाए रखने के लिए आय के अन्य स्त्रोतों की आवश्यकता होती है। हालाँकि कुछ व्यवसाय केवल व्यस्त मौसम के लिए खुले रहते हैं, जैसे कि एक आइसक्रीम स्टैंड आदि अन्य लोग वर्ष की शेष अवधि में व्यावसायिक गतिविधि को काफी कम कर देते हैं।

मौसमी व्यवसायों के मालिकों को अपने नकदी प्रवाह का प्रबंधन करने में काफी समय लगाना पड़ता है। या तो सुरक्षा के जाल के रूप में समय के साथ पर्याप्त मुक्त नकदी की बचत होती है या तरलता के मुद्दों को कवर करने के लिए क्रेडिट की एक पंक्ति हासिल करना, जो व्यस्त मौसम के बाहर हो सकते हैं।

उच्च सीजन के दौरान मौसमी उद्योगों में श्रमिक सप्ताह में 40 घंटे से अधिक काम करते हैं।

चरण-2 उत्पादों को पहचानें

ग्रीष्मकालीन मौसमी उत्पाद

वजन घटानेवाले और आहार उत्पाद

ये गरमियों में आते हैं। गरमियों में बॉडी जैल आदि आते हैं।

स्वास्थ्य से संबंधित उत्पादों, विशेष रूप से वजन घटानेवाले उत्पादों, की माँग जनवरी के आसपास (नए साल के प्रस्तावों के लिए धन्यवाद) और ग्रीष्मकाल के लिए सही है।

बेशक, यह एक व्यापक श्रेणी है, लेकिन इसमें कुछ सदाबहार उत्पाद हैं। इनमें से कुछ हैं—

रस

ताजा या पैक किए हुए फलों के रस की गरमी के महीनों में बड़ी माँग होती है। इन उत्पादों में ताजा गुण होते हैं और स्वास्थ्य लाभ बहुत होते हैं।

प्रोटीन पाउडर

फिटनेस के प्रति उत्साही लोगों के लिए यह प्रोटीन बार की तरह प्रोटीन के सबसे लोकप्रिय स्रोतों में से एक है। जनवरी और गरमियों के आसपास इसकी माँग बढ़ जाती है।

धूप का चश्मा

जाहिर है, गरमियों के आसपास काफी माँग होती है। सूरज की रोशनी में लोग बाहर निकलते हैं, इसलिए वे अपनी आँखों को संरक्षित रखना चाहते हैं (और शांत दिखते हैं)। एक स्वस्थ जीवन-शैली के साथ, जो पहले से कहीं अधिक चलन में है, स्वास्थ्य गैजेट्स उन उत्पादों के बीच एक मजबूत उपस्थिति रखते हैं, जो माँग में हैं।

कार एयर प्यूरीफायर

ये विभिन्न रूपों, आकारों और डिजाइनों में आते हैं। इन्हें आमतौर पर कार के सिगरेट लाइटर में प्लग किया जाता है। इस तरह के प्यूरीफायर आपकी कार में धूल और अन्य एलर्जी को कम करनेवाले होते हैं, साथ ही तंबाकू या फास्ट फूड जैसी गंध भी कम करते हैं।

ट्रैवल बैग

यह एक सदाबहार उत्पाद है, दुनिया की यात्रा अधिक-से-अधिक लोकप्रिय हो रही है, इसलिए ट्रैवल बैग की माँग लंबे समय से बढ़ रही है।

सूती कपड़े

गरमियों में सूती के बने कपड़े पहनना अच्छा लगता है। यह समान विचारधारावाले लोगों को आकर्षित करना भी आसान बनाता है। इसके अलावा, गरमी पुरुषों, स्त्रियों और बच्चों के लिए भी सूती कपड़े बेचने का एक सही समय है। गरमियों में हम कॉटन बेडशीट एवं कॉटन टॉवल और बहुत सारे अन्य कॉटन कपड़े भी इस्तेमाल करते हैं।

आइसक्रीम बनाना

आइसक्रीम केवल गरमियों में बिकनेवाला उत्पाद है।

पैकेज्ड ड्रिंकिंग वाटर प्रोडक्शन

पैक किया गया पीने का पानी भी गरमियों में अत्यधिक बिक्रीवाला उत्पाद है; लेकिन इसके लिए पूरे वर्ष की आवश्यकता होती है।

एयर कंडीशनर व एयर कूलर

एयर कंडीशनर व एयर कूलर गरमियों में अत्यधिक बिक्रीवाले उत्पाद हैं।

गन्ने के रस का व्यापार

गन्ने के रस व्यवसाय भी गरमियों में अधिक बिक्रीवाले व्यवसाय है।

बॉडी लोशन और सन क्रीम का भारत में काफी इस्तेमाल होता है।

गरमियों में टूर एंड ट्रैवल बिजनेस

अधिकांश परिवार घूमने में गरमियों की योजना बनाते हैं, क्योंकि गरमियों में बच्चों की छुट्टियाँ होती हैं। और भी कई सारे प्रोडक्ट भारत में इस्तेमाल होते हैं।

चरण-3 ब्रांडों की पहचान करें

भारत में ग्रीष्मकालीन उत्पादों का उत्पादन करनेवाले सबसे लोकप्रिय ब्रांडों की पहचान करें।

आइसक्रीम के लोकप्रिय ब्रांड हैं—

- अमूल
- क्वालिटी वाल्स
- बास्किन रॉबिंस
- वाडीलाल
- हवमोर
- दिनशॉस है
- मदर डेयरी आदि।

लोकप्रिय एयर कंडीशनर ब्रांड—

- हायर
- ब्लू स्टार

- वोल्टास
- लॉयड
- एलजी
- वाहक
- हिताची।

भारत में प्रसिद्ध टूर एंड ट्रैवल कंपनियाँ—

1. कॉक्स एंड किंग्स
2. थॉमस कुक
3. एस.ओ.टी.सी.
4. केसई टूर्स
5. क्लब महिंद्रा
6. एक्सपीडिया
7. यात्रा
8. मेक माय ट्रिप
9. ट्रैवल गुरु।

भारत में कपास (कपड़ा) विनिर्माण कंपनियाँ—

- अरविंद लिमिटेड (लालभाई)
- बॉम्बे डाइंग एंड मैन्युफैक्चरिंग कंपनी लिमिटेड (वाडिया)
- बॉम्बे रेयन फैशन लिमिटेड, फैब इंडिया ओवरसीज प्राइवेट लिमिटेड, ग्रासिम इंडस्ट्रीज लिमिटेड (आदित्य बिड़ला)
- जे.सी.टी. लिमिटेड
- कर्नाटक सिल्क इंडस्ट्रीज कॉरपोरेशन लिमिटेड
- रेमंड लिमिटेड
- लक्ष्मी मिल्स कंपनी लिमिटेड
- वर्धमान टेक्सटाइल्स लिमिटेड

सर्दियों के मौसम के उत्पाद—

- जाड़े के कपड़े
- विंड क्राफ्ट
- फोर्ट कॉलिन्स
- वुडलैंड
- टॉमी हिलफिगर
- प्यूमा
- डेकाथलॉन
- कैल्विन क्लीन
- मोंटे कार्लो
- रेमंड।

थर्मल ब्रांड्स—

- जॉकी
- लक्स
- आइस बेयर
- अल्फा
- ओसवाल
- हेन्स
- रूपा।

चरण-4 बुनियादी बातों की जाँच करें

हमें सभी सूचियों की जाँच करनी होगी

सबसे पहले हम जाँच करते हैं कि ब्रांड सूचीबद्ध कंपनी है या नहीं! यदि ब्रांड सूचीबद्ध नहीं है तो हम उस कंपनी में निवेश करने में सक्षम नहीं हैं या हम उस कंपनी के शेयर को खरीदने में सक्षम नहीं हैं। आइसक्रीम के लोकप्रिय ब्रांड में—

- **अमूल :** आणंद मिल्क यूनियन लिमिटेड लिस्टेड नहीं है।
- **बास्किन रॉबिंस :** बास्किन रॉबिंस इंक लिस्टेड नहीं है।
- **हवमोर :** हवमोर आइसक्रीम कंपनी लिस्टेड नहीं है।
- **दिनशॉस :** दिनशॉस डेयरी फूड्स लिस्टेड नहीं है।
- **मदर डेयरी :** राष्ट्रीय डेरी विकास बोर्ड का गठन नहीं किया गया है।
- **क्वालिटी वाल्स :** हिंदुस्तान यूनिलीवर लिमिटेड लिस्टेड है।
- **वाडीलाल :** वाडीलाल उद्यम लिमिटेड लिस्टेड है।

आपने देखा है कि केवल दो ब्रांड सूचीबद्ध हैं—

- क्वॉलिटी वॉल्स—हिंदुस्तान यूनिलीवर लिमिटेड लिस्टेड।
- वाडीलाल—वाडीलाल उद्यम लिमिटेड (लिस्टेड)।

एक बार जब आप सूचीबद्ध उत्पादों को फिल्टर कर देते हैं तो आपको निवेश करने से पहले बुनियादी जाँच करनी होगी। उन मूल सिद्धांतों की जाँच करने के बाद आप निर्णय ले सकते हैं कि मुझे निवेश करना चाहिए या नहीं! यदि बुनियादी चीजें अच्छी हैं तो आपको निवेश करने का निर्णय लेना होगा।

लोकप्रिय एयर कंडीशनर ब्रांड में—

- **हायर :** हायर ग्रुप कॉरपोरेशन लिस्टेड नहीं है।
- **ब्लू स्टार :** ब्लू स्टार लिस्टेड है।
- **वोल्टास :** वोल्ट लिमिटेड लिस्टेड है।
- **लॉयड :** लॉयड इलेक्ट्रिक एंड इंजीनियरिंग लिमिटेड लिस्टेड है।
- **एलजी :** एलजी इलेक्ट्रॉनिक्स इंक लिस्टेड नहीं है।
- **कैरियर :** वाहक एयरकॉन लिमिटेड लिस्टेड है।
- **हिताची :** जॉनसन कंट्रोल्स-हिताची इंडिया लिमिटेड लिस्टेड है।

आपने देखा है कि केवल दो ब्रांड सूचीबद्ध हैं—

- **कैरियर :** वाहक एयरकॉन लिमिटेड लिस्टेड है।
- **हिताची :** जॉनसन कंट्रोल्स-हिताची इंडिया लिमिटेड लिस्टेड है।

एक बार जब आप सूचीबद्ध उत्पादों को फिल्टर कर देते हैं तो आपको निवेश करने से पहले मौलिक जाँच करनी होगी। उन मूल सिद्धांतों की जाँच करने के बाद आप निर्णय ले सकते हैं कि मुझे निवेश करना चाहिए या नहीं। यदि फंडामेंटल अच्छे थे तो आपको निवेश करने का निर्णय लेना होगा।

भारत में प्रसिद्ध टूर एंड ट्रैवल कंपनी—

- **कॉक्स एंड किंग्स :** कॉक्स एंड किंग्स लिमिटेड सूचीबद्ध है।
- **थॉमस कुक :** थॉमस कुक लिमिटेड सूचीबद्ध है।
- **एस.ओ.टी.सी. :** एस.ओ.टी.सी. ट्रैवल लिमिटेड सूचीबद्ध नहीं है।
- **क्लब महिंद्रा :** महिंद्रा हॉलिडे लिमिटेड सूचीबद्ध है।
- **एक्सपीडिया :** एक्सपीडिया ग्रुप सूचीबद्ध नहीं है।
- **यात्रा :** Yatra.com सूचीबद्ध नहीं है।
- **मेक माय ट्रिप :** मेक माय ट्रिप लिस्टेड नहीं है।
- **यात्रा गुरु :** Travelguru.com लिस्टेड नहीं है।

आपने देखा है कि केवल तीन ब्रांड सूचीबद्ध हैं—

- **कॉक्स एंड किंग्स :** कॉक्स एंड किंग्स लिमिटेड सूचीबद्ध है।
- **थॉमस कुक :** थॉमस कुक लिमिटेड सूचीबद्ध है।
- **क्लब महिंद्रा :** महिंद्रा हॉलिडे लिमिटेड सूचीबद्ध है।

एक बार जब आप सूचीबद्ध उत्पादों को फिल्टर कर देते हैं तो आपको निवेश करने से पहले मौलिक जाँच करनी होगी। उन मूल सिद्धांतों की जाँच करने के बाद आप निर्णय ले सकते हैं कि मुझे निवेश करना चाहिए या नहीं! यदि फंडामेंटल अच्छे थे तो आपको निवेश करने का निर्णय लेना होगा।

भारत में वस्त्र निर्माता कंपनियाँ

भारत में वस्त्र निर्माता कंपनियाँ

1. **अरविंद लिमिटेड (लालभाई) :** अरविंद लिमिटेड (लालभाई) सूचीबद्ध है।
2. **बॉम्बे डाइंग लिमिटेड :** बॉम्बे डाइंग लिमिटेड सूचीबद्ध है।
3. **फैब इंडिया ओवरसीज प्रा. लिमिटेड :** फैब इंडिया ओवरसीज प्रा. लिमिटेड सूचीबद्ध नहीं है।
4. **ग्रासिम इंडस्ट्रीज लिमिटेड :** ग्रासिम इंडस्ट्रीज लिमिटेड सूचीबद्ध है।
5. **जे.सी.टी. लिमिटेड :** जे.सी.टी. लिमिटेड सूचीबद्ध है।
6. **कर्नाटक सिल्क लिमिटेड :** कर्नाटक सिल्क लिमिटेड सूचीबद्ध नहीं है।

आपने देखा है कि केवल चार ब्रांड सूचीबद्ध हैं—

- **अरविंद लिमिटेड (लालभाई) :** अरविंद लिमिटेड (लालभाई) सूचीबद्ध है।
- **बॉम्बे डाइंग लिमिटेड :** बॉम्बे डाइंग लिमिटेड सूचीबद्ध है।
- **ग्रासिम इंडस्ट्रीज लिमिटेड :** ग्रासिम इंडस्ट्रीज लिमिटेड सूचीबद्ध है।
- **जे.सी.टी. लिमिटेड :** जे.सी.टी. लिमिटेड सूचीबद्ध है।

एक बार जब आप सूचीबद्ध उत्पादों को फिल्टर कर देते हैं तो आपको निवेश करने से पहले मौलिक जाँच करनी होगी। उन मूल सिद्धांतों की जाँच करने के बाद आप निर्णय ले सकते हैं कि मुझे निवेश करना चाहिए या नहीं! यदि फंडामेंटल अच्छे थे तो आपको निवेश करने का निर्णय लेना होगा।

सर्दियों के मौसम के उत्पाद

सर्दियों के कपड़े

- **वाइल्ड क्राफ्ट :** वाइल्ड क्राफ्ट इंडिया प्राइवेट लिमिटेड सूचीबद्ध नहीं है।
- **फोर्ट कॉलिन्स :** INDRA HOSIERY MILLS सूचीबद्ध नहीं है।
- **वुडलैंड :** वुडलैंड इंडिया सूचीबद्ध नहीं। टॉमी हिलफिगर नहीं है।
- **प्यूमा :** प्यूमा कंपनी सूचीबद्ध नहीं है।
- **डेकाथलॉन :** डेकाथलॉन स्पोर्ट्स इंडिया सूचीबद्ध नहीं है।
- **कैल्विन क्लीन :** कैल्विन क्लीन सूचीबद्ध नहीं है।
- **मोंटे कार्लो :** ओसवाल वूलेन मिल्स सूचीबद्ध सूचीबद्ध नहीं है।
- **रेमंड :** रेमंड लिमिटेड सूचीबद्ध है।

आपने देखा है कि केवल एक ब्रांड सूचीबद्ध है—

- **रेमंड :** रेमंड लिमिटेड सूचीबद्ध।

एक बार जब आप सूचीबद्ध उत्पादों को फिल्टर कर देते हैं तो आपको निवेश करने से पहले मौलिक जाँच करनी होगी। उन मूल सिद्धांतों की जाँच करने के बाद आप निर्णय ले सकते हैं कि मुझे निवेश करना चाहिए या नहीं। यदि फंडामेंटल अच्छे थे तो आपको निवेश करने का निर्णय लेना होगा।

थर्मल ब्रांड्स

- **जॉकी :** पेज इंडस्ट्रीज लिमिटेड सूचीबद्ध नहीं है।
- **लक्स :** विश्वनाथ होजरी मिल्स सूचीबद्ध नहीं है।
- **अल्फा :** अल्फा LAVAL पी लिमिटेड सूचीबद्ध नहीं है।
- **ओसवाल :** ओसवाल वूलेन मिल्स लिमिटेड सूचीबद्ध नहीं है।
- **हानेस :** हानेस इंक सूचीबद्ध नहीं है।
- **रूपा :** रूपा एंड कंपनी लिमिटेड सूचीबद्ध है।

आपने देखा है कि केवल एक ब्रांड सूचीबद्ध है—

- **रूपा :** रूपा एंड कंपनी लिमिटेड सूचीबद्ध है।

एक बार जब आप सूचीबद्ध उत्पादों को फिल्टर कर देते हैं तो आपको निवेश करने से पहले मौलिक जाँच करनी होगी। उन मूल सिद्धांतों की जाँच करने के बाद आप निर्णय ले सकते हैं कि मुझे निवेश करना चाहिए या नहीं! यदि फंडामेंटल अच्छे थे तो आपको निवेश करने का निर्णय लेना होगा।

चरण-5 तकनीकी जाँच करें

फंडामेंटल चेक करने के बाद आपने निवेश करने का फैसला किया है, तब आपको तकनीकी विश्लेषण चेक करना होगा। हमने तकनीकी विश्लेषण के बारे में चर्चा की है।

जाँचें कि चार्ट पैटर्न क्या है और उसी का विश्लेषण करें। यदि चार्ट आपकी आवश्यकताओं के अनुसार परिणाम नहीं दिखा रहा है तो आपको सही समय का इंतजार करना होगा। तकनीकी विश्लेषण के लिए हमेशा सबसे प्रभावी उपकरण याद रखें। हम महत्त्वपूर्ण चार बिंदुओं पर फिर से चर्चा कर रहे हैं।

1. बुल ट्रेंड हमेशा बुल प्रवृत्ति में निवेश करते हैं।
2. **ट्रेंड रिवर्सल :** बीयर से लेकर बुल तक का ट्रेंड रिवर्सल अच्छा है। एक ट्रेंड रिवर्सल भी निवेशक के लिए अच्छा अवसर है।
3. **प्रतिरोध ब्रेकआउट :** प्रतिरोध ब्रेकआउट निवेश के लिए भी अच्छा अवसर है।
4. **मूविंग एवरेज लघु अवधि :** 20 दिन और लंबी अवधि—9 महीने, जब यह मंदी की प्रवृत्ति में पार हो जाता है तो आपको निवेश के लिए जाना होगा।

□

सिद्धांत-2 : बिल गेट्स

- बिल गेट्स सिद्धांत कहता है कि आवश्यक उत्पादों पर ध्यान केंद्रित करें। बिल गेट्स दुनिया के दूसरे सबसे अमीर आदमी हैं। अब जेफ बेजोस (अमेजन डॉट कॉम के मालिक) दुनिया के सबसे अमीर आदमी हैं। बिल गेट्स इतने वर्षों में दुनिया में पहले स्थान पर रहे। उन्होंने कौन से सिद्धांत लागू किए हैं। हम दुनिया के सबसे अमीर लोगों के गुणों को स्वीकार कर सकते हैं।

जब लोग कंप्यूटर पर ध्यान केंद्रित कर रहे थे तो वे सॉफ्टवेयर पर ध्यान केंद्रित कर रहे थे। वे समझते हैं कि कोई भी कंप्यूटर बिना सॉफ्टवेयर के नहीं चलेगा। कंप्यूटर हार्डवेयर है और इसे संचालित करने के लिए सॉफ्टवेयर की आवश्यकता होती है। वे सॉफ्टवेयर पर ध्यान केंद्रित कर रहे थे और विंडोज का निर्माण कर रहे थे, जैसा कि आप जानते हैं कि विंडो किसी भी डेस्क टॉप या लैपटॉप के लिए मूल ऑपरेटिंग सिस्टम है।

कंप्यूटर कंपनी कंप्यूटर बनाती है और उनकी कंपनी से ऑपरेटिंग सिस्टम खरीदती है। कंप्यूटर बनाने और उसकी कंपनी से सॉफ्टवेयर खरीदने के लिए दुनिया में बहुत सी कंपनियाँ हैं।

जनता इलेक्टॉनिक रूप से स्थानांतरित हो रही है और कंप्यूटर की माँग दिन-प्रतिदिन बढ़ रही है। कंप्यूटर की भारी माँग के कारण कंपनी को अधिक-से-अधिक राजस्व मिल रहा है और एक दिन वे दुनिया के सबसे अमीर आदमी बन जाते हैं।

हम इस फॉर्मूले को शेयर मार्केट में कैसे लागू कर सकते हैं?

यदि हम मान लें कि ऑटोमोबाइल हमारे जीवन का महत्त्वपूर्ण हिस्सा है। भविष्य में जनता अपने उपयोग के लिए अधिक ऑटोमोबाइल खरीदेगी और भविष्य में ऑटोमोबाइल की माँग बढ़ेगी। ऑटोमोबाइल में सभी ऑटोमोबाइल के आवश्यक तत्त्व क्या हैं?

ऑटोमोबाइल कंपनियाँ इन ऑटोमोबाइल को बनाएँगी। ऑटोमोबाइल कंपनियों के लिए मूल उत्पाद टायरों और ऑटो पाट्‌र्स हैं। फिर हमारे पास टायरों बनानेवाली कंपनियों और ऑटो पाट्‌र्स बनानेवाली कंपनियों का फोकस है। टायर व ऑटो पाट्‌र्स ऑटोमोबाइल का सबसे महत्त्वपूर्ण हिस्सा हैं।

सभी वाहनों को सामान की आवश्यकता होती है। हम ऑटोमोबाइल कंपनियों पर ध्यान केंद्रित नहीं करते हैं; लेकिन हम टायर और ऑटोमोबाइल कंपनियों पर ध्यान केंद्रित कर सकते हैं। यदि हम इन प्रकार की कंपनियों पर ध्यान केंद्रित करते हैं तो हमें यह जाँचना होगा कि उस क्षेत्र में सूचीबद्ध कंपनियाँ कौन सी हैं? कंपनी को पहचानें, फिर फंडामेंटल चेक करें। यदि किसी विशेष कंपनी के फंडामेंटल्स मजबूत हैं तो तकनीकी की जाँच करें। सभी फॉर्मूलों को लागू करने के बाद ही निवेश करें।

यदि हम मान लें कि हमारे देश की आबादी दिन-ब-दिन बढ़ती जा रही है। मूल आवश्यकताएँ रोटी, कपड़ा या मकान हैं। संपत्ति वह आवश्यक अंग है, जिसकी आवश्यकता लोगों को दिन-प्रतिदिन होती है। भूमि नहीं बढ़ रही है और जनसंख्या दिन-प्रतिदिन बढ़ रही है। इसलिए भूमि की लागत अधिक, और अधिक हो रही है।

घर हमारे जीवन का महत्त्वपूर्ण हिस्सा है। भविष्य में जनता अपने उपयोग के लिए अधिक घर खरीदेगी और भविष्य में घरों की माँग बढ़ेगी।

फिर निर्माण कंपनियों के लिए व्यवसाय बढ़ेगा। निर्माण कंपनियों में आवश्यक तत्त्व क्या हैं ?

निर्माण कंपनियाँ ऑटोमोबाइल का सबसे महत्त्वपूर्ण हिस्सा हैं। सभी वाहनों को टायरों की आवश्यकता होती है। अगर हम ऑटोमोबाइल कंपनियों पर ध्यान केंद्रित नहीं करते हैं तो हम टायरों पर ध्यान केंद्रित कर सकते हैं। अगर टायरों पर ध्यान दिया जाता है तो हमें यह जाँचना होगा कि टायर क्षेत्र में सूचीबद्ध कंपनियाँ कौन सी हैं ? कंपनी को पहचानें, फिर फंडामेंटल्स चेक करें। अगर किसी विशेष कंपनी के फंडामेंटल्स मजबूत हैं तो तकनीकी जाँच करें। सभी फॉर्मूलों को लागू करने के बाद ही निवेश करें।

मौसमी स्टॉक

गरमी के मौसम के उत्पाद

वाडीलाल

- मई 2018, 829 रुपए
- मार्च 2019, 445 रुपए
- अप्रैल 2019, 580 रुपए
- 30 प्रतिशत एप्रेसिएशन

2 महीने—1 लाख रुपए 1,30,337 रुपए बने।

प्रशिक्षण के लिए थॉमस कुक

- फरवरी 2019, 203 रुपए
- अप्रैल 2019, 256 रुपए
- 26 प्रतिशत एप्रेसिएशन

3 महीने—1 लाख रुपए 1,26,108 रुपए हो गए।

बॉम्बे डाइंग कॉटन

- मई 2018, 313 रुपए

- फरवरी 2019, 99 रुपए
- अप्रैल 2019, 143 रुपए
- 44 प्रतिशत एप्रेसिएशन

3 महीने की प्रोजेक्शन

- 1 लाख 1,44,450 रुपए हो जाते हैं।

सर्दियों के मौसम के उत्पाद

- सूट के लिए रेमंड
- अक्तूबर 2018, 600 रुपए
- दिसंबर 2018, 850 रुपए
- 40 प्रतिशत एप्रेसिएशन

3 महीने—1 लाख 1,41,666 रुपए।

थर्मल पहनने के लिए रूपा—

- अक्तूबर 2018, 242 रुपए
- दिसंबर 2018, 344 रुपए
- 42 प्रतिशत एप्रेसिएशन

3 महीने—1 लाख 1,42,148 रुपए बन जाते हैं।

श्री सीमेंट

- जनवरी 2001, 57 रुपए
- जनवरी 2009, 544 रुपए
- जनवरी 2019, 19845 रुपए
- यदि आपने जनवरी 2009 में 1 लाख रुपए का निवेश किया था—
- 183 शेयर @ 544

1 लाख रुपए 36,47,977 रुपए हो जाते हैं।

- यदि आपने जनवरी 2001 में 1 लाख रुपए निवेश किया था—

- 1,754 शेयर @ 19,845

1 लाख 3,48,08,130 रुपए हो जाते हैं।

हैवेल्स केबल

यदि आपने 1 लाख रुपए का निवेश किया है—

- अप्रैल 2009, 8 रुपए
- 12,500 शेयर @ 8 = 1 लाख
- अप्रैल 2018, 764 रुपए
- 12,500 × 764 • 9 साल में 1,00,000 रुपए से 95,50,000 रुपए बन जाते हैं।

यदि आपने 1 लाख रुपए का निवेश किया है—

- जनवरी 2004, 3 रुपए
- 33,330 शेयर @ 3 = 1 लाख
- अप्रैल 2018, 764 रुपए
- 33,330 × 764 • 254

समय 9 साल में 1,00,000 रुपए से 2,54,64,120 रुपए बन जाते हैं।

अपोलो टायर

ए.पी.आर. 2009, 15 रुपए (6,666 शेयर)

- अप्रैल 2018, 1251 रुपए
- 9 साल में 1,00,000 रुपए 83,39,999 रुपए बन जाते हैं।

अप्रैल 2002, 7 रुपए (14,285 शेयर)

- अप्रैल 2018, 1,251 रुपए
- 16 साल में 178 गुना

1,00,000 से 1,78,70,535 रुपए हो जाते हैं।

गुड इयर टायर

- जून 2009, 93 रुपए (1,075 शेयर)

- अप्रैल 2018, 1,251 रुपए
- नौ साल में 1,00,000 रुपए से 13,44,825 रुपए हो जाते हैं।

एम.आर.एफ. टायर

- एम.आर.एफ. टायर खरीदे गए
- वर्ष 2001 में 1 लाख रुपए का निवेश किया—
- 200 शेयर @ 500 रुपए।
- वर्ष 2001 में बन गए
- 200 @ 65,000 रुपए।

यानी 17 साल में—

- 1,30,00,000 रुपए का निवेश 130 गुना

एम.आर.एफ. टायर खरीदे गए

- वर्ष 1990 में निवेश किया गया
- 6,250 शेयर @ 16 रुपए बन गए
- 6,250 शेयर @ 65,000 रुपए।
- वर्ष 2018 में 130 करोड़ रुपए, यानी 28 साल में—
- 40,62,50,000 रुपए, निवेशित 406 गुना।

एम.आर.एफ. टायर खरीदे गए

- वर्ष 1990 में 3,20,000 रुपए का निवेश किया गया
- 20,000 शेयर @ 16 रुपए बन गया।
- वर्ष 2018 में
- 20,000 शेयर @ 65,000 रुपए = 130 करोड़ रुपए।
- यानी 28 साल में—
- 3,20,000 रुपए। निवेशित 4,060 गुना।

एच.डी.एफ.सी. बैंक

- मई 2014, 723 रुपए

- अप्रैल 2018, 2,315 रुपए
- 4 साल में 300 प्रतिशत वृद्धि

1,00,000 रुपए बन जाते हैं 3,20,193 रुपए।

- मई 2008, 285 रुपए
- अप्रैल 2018, 2,315 रुपए
- 10 साल में 800 प्रतिशत वृद्धि

1,00,000 रुपए बन जाते हैं 8,12,280 रुपए।

अप्रैल 1990, 2 रुपए

- अप्रैल 2018, 2,315 रुपए
- 28 साल में 10 करोड़ रुपए हो गए।

और लाभांश 9 लाख लगभग

- 1,000 गुना रिटर्न

□

B

Premium Brands

सिद्धांत-3 : प्रीमियम ब्रांड्स

इस सिद्धांत में हम आपको यह समझाने की कोशिश कर रहे हैं कि इस सिद्धांत को लागू करके आप कैसे पैसा कमा सकते हैं। हमारी अर्थव्यवस्था में प्रीमियम ब्रांडों की बहुत महत्त्वपूर्ण भूमिका है। जब हम बाजार में जाएँ और उत्पादों को खरीदें। हमें दुकानदार से पूछना होगा कि प्रीमियम ब्रांड क्या हैं? फिर से आप जाँचते हैं कि अधिक लोग जो खरीद रहे हैं, वह प्रीमियम ब्रांड नहीं हैं। यदि आप विश्लेषण करते हैं कि लोग इसके लिए पागल हैं तो यह अच्छा प्रीमियम ब्रांड है।

एक और बात, जो आपने देखी होगी कि उस क्षेत्र में आम ब्रांड क्या हैं और उस क्षेत्र में प्रीमियम ब्रांड क्या हैं? मान लीजिए, आप अंडर गारमेंट्स खरीदने जा रहे हैं तो आपको जाँचना होगा कि कौन से ब्रांड हैं। आप देखेंगे कि लक्स, अमूल, रूपा आदि हैं तो आप प्रीमियम ब्रांड जॉकी को देखते हैं। इन प्रीमियम ब्रांडों को स्थानीय ब्रांड की तुलना में आपसे कुछ अतिरिक्त धन की आवश्यकता होती है।

एक और उदाहरण, आप मोटर बाइक खरीदना चाहते हैं तो आप शोरूम पर जाते हैं और पूछताछ करते हैं कि ब्रांड क्या हैं, जैसे बजाज, होंडा, हीरो आदि ब्रांड हैं। इस क्षेत्र में बुलेट आयशर बुलेट मोटर का उत्पाद है और पीढ़ी की पसंद भी है। यह अन्य बाइक की तुलना में कुछ अधिक मूल्य के साथ आएगा, फिर निश्चित रूप से यह एक प्रीमियम ब्रांड है। आप देख सकते हैं कि प्रीमियम ब्रांड हमारे जीवन में क्या करेगा!

थ्योरी 3 : प्रीमियम ब्रांड्स

चरण–1 : उत्पादों का पता लगाएँ।

चरण–2 : प्रीमियम उत्पादों की पहचान करें।

चरण–3 : अच्छे ब्रांडों और सूचीबद्ध कंपनियों की पहचान करें।

चरण–4 : बुनियादी बातों की जाँच करें।

चरण–5 : तकनीकी जाँच करें।

आयशर मोटर्स लिमिटेड

मई 2009 में 1 लाख रुपए का निवेश किया गया

- 458 शेयर @ 218 रुपए।
- मई 2018 • 458 शेयर @ 32,236 रुपए
- 9 साल में 147 गुना की वृद्धि

1,00,000 से 1,47,64,088 रुपए बन जाते हैं।

1 लाख रुपए अप्रैल 2001 में निवेश किया—

- 4,545 शेयर @। 22 रुपए
- मई 2018 • 4,545 शेयर @ 32,236 रुपए।
- 1,465 गुना 17 साल में वृद्धि

1,00,000 रुपए से 14,65,12,620 रुपए बन जाते हैं।

3. प्रीमियम ब्रांड थ्योरी

पेज इंडस्ट्रीज लिमिटेड

वर्ष 2009 में 1,00,000 रुपए का निवेश किया गया—

- 175 शेयर @ 570 रुपए
- Seo 2018
- 175 शेयर @। 35,920 रुपए
- नौ साल में 63 गुना

1,00,000 रुपए से 62,86,000 रुपए बन जाते हैं।

□

सिद्धांत-4 : मास की खपत
(Mass Consumption)

बड़े पैमाने पर खपत भी शेयर बाजार में सबसे महत्त्वपूर्ण उम्मीद में से एक है। इस सामूहिक खपत में हमें यह पता चलता है कि बड़े पैमाने पर जनता द्वारा उपयोग की जानेवाली सेवाएँ और उत्पाद क्या हैं। जब हम शॉपिंग के लिए मॉल जाते हैं तो हम हमेशा खोजने की कोशिश करते हैं वे उत्पाद, जो अन्य लोगों द्वारा सबसे अधिक उपयोग किए जाते हैं।

इसके बाद हमें उन सभी ब्रांडों को याद करना होगा, जो जनता द्वारा उपयोग किए जा रहे हैं। फिर हम उन सभी ब्रांडों और कंपनियों को ढूँढ़ते हैं, जो ज्यादातर जनता द्वारा उपभोग की जाती हैं। अब हमें घर जाना है और फिर घर का काम करना है। इसके बाद हमें उस कंपनी का पता लगाना है, जो उस ब्रांड से संबंधित है। तब आप पहचान लेते हैं कि ब्रांड ने इस पर काम करना शुरू कर दिया है।

माना कि हम बाजार में एक हेयर ऑयल खरीदने जा रहे हैं। उसके बाजार में कई ब्रांड हैं; लेकिन हम ब्रांड का नाम 'पैराशूट' नारियल हेयर ऑयल लेकर आए हैं, जो आमतौर पर घर पर इस्तेमाल किया जाता है। आप यह भी देखेंगे कि हम हर रोज कंघी करने से पहले कुछ बूँदों का इस्तेमाल

करते हैं। कई दिनों के बाद बोतल खत्म हो जाती है और फिर से हम इसे खरीदने के लिए बाजार जाते हैं। फिर कुछ शोध करने के बाद हमें पता चला कि यह हेयर ऑयल MARICO कंपनी द्वारा निर्मित किया गया है। जब हम उत्पादों की कंपनी की पहचान करते हैं, फिर हमें उस विशेष कंपनी का मौलिक विश्लेषण करना होगा। मौलिक विश्लेषण करने के बाद हमें प्रवेश और निकास के बिंदु को जानने के लिए तकनीकी विश्लेषण करना होगा।

आइए, एक और उदाहरण के रूप में हम समझते हैं कि भारत में प्रत्येक घर में एक बच्चा है, जो स्कूल में पढ़ रहा है और उसके लिए बच्चे नोटबुक का उपयोग कर रहे हैं। अब कुछ निष्कर्षों के बाद हमें पता चला कि बच्चों द्वारा इस्तेमाल की जानेवाली अधिकतम संख्या 'क्लासमेट' की है।

एक बार जब हम ब्रांड को जान लेते हैं तो हमें पता चलता है कि उसका निर्माण आई.टी.सी. कंपनी द्वारा किया गया है। कंपनी को खोजने के बाद हमें मौलिक विश्लेषण करना होगा।

यदि हमने पाया कि कंपनियाँ मौलिक रूप से मजबूत हैं तो हमें तकनीकी विश्लेषण करना होगा और पोस्ट करना होगा कि हमें अंतिम चरण की जाँच करनी है कि कब प्रवेश करना है और कब बाहर निकलना है।

उपर्युक्त सिद्धांत का प्रयोग करके आप शेयर बाजार को खोजने के लिए शेयर बाजार में बहुत अच्छी तरह से काम कर सकते हैं, जो लाभ के लिए सबसे उपयुक्त है और फिर उसके बाद शेयर बाजार से अच्छा पैसा बनाने की संभावना आपके लिए खुली होगी।

थ्योरी 4 : बड़े पैमाने पर खपत

चरण-1 : बड़े पैमाने पर उपभोग उत्पादों का पता लगाएँ।

चरण-2 : मास उपभोग उत्पादों की पहचान करें।

चरण-3 : अच्छे ब्रांडों और सूचीबद्ध कंपनियों की पहचान करें।

चरण-4 : बुनियादी बातों की जाँच करें।

चरण-5 : तकनीकी जाँच करें।

4. थ्योरी मास की खपत

अप्रैल 2009 रुपए में मैरिको 1 लाख निवेश किया।

- 3,448 शेयर @, 29 रुपए
- वर्ष 2018 में 3,448 शेयर @ 361 रुपए

9 साल में 1,00,000 रुपए बन जाते हैं 12,44,728 रुपए

1 लाख अप्रैल 2000 में निवेश किए।

- 33,333 शेयर @ 3 रुपए
- वर्ष 2018 में 33,333 शेयर @ 361 रुपए।
- 18 साल में 120 गुना वृद्धि की।

1,00,000 रुपए बन जाते हैं 1,20,33,213 रुपए।

लाभांश 8 से 9 लाख रुपए अलग से मिला।

आई.टी.सी.

अप्रैल 2009 में 1 लाख निवेश किए।

- 3,571 शेयर @, 28 रुपए
- वर्ष 2018 में 3,571 शेयर @ 305 रुपए।
- 9 साल में 1,00,000 रुपए बन जाते हैं 10,89,155 रुपए।

1 लाख अप्रैल 2000 में निवेश किए।

- 33,333 शेयर @ 3 रुपए।
- वर्ष 2018 में 33,333 शेयर @ 305 रुपए।
- 18 साल में 1,00,000 रुपए बन जाते हैं 1,01,66,565 रुपए।

□

सिद्धांत-5 : मल्टी-बैगर

मल्टी-बैगर में देखने के लिए पैरामीटर क्या हैं?

- मल्टी-बैगर स्टॉक ढूँढ़ना कठिन है। निवेशकों को ध्यान देना चाहिए कि मल्टी-बैगर्स होनेवाले स्टॉक आर्थिक कारकों, उद्योगों के विकास के रुझान, नियामक कंपनी के परिवर्तन और बुनियादी बातों के कारण हो सकते हैं।
- कंपनी के मूल सिद्धांतों को छोड़कर वे अन्य सभी कारक ज्यादातर अप्रत्याशित हैं। इसलिए ध्यान मूल सिद्धांतों पर होना चाहिए।
- जो कठिनाइयों का सामना कर रहे हैं, वे कम मूल्यांकन पर व्यापार करते हैं और एक बदलाव का अनुभव करने की संभावना है, और
- वे व्यवसाय, जो ऐसे क्षेत्रों में हैं, जो अत्यधिक मजबूत विकास का अनुभव कर रहे हैं। मल्टी-बैगर स्टॉक ज्यादातर मिड कैप और स्मॉल-कैप स्पेस से होंगे, जो कि बाजार के 'रिस्क-ऑन मोड' में होने के बाद बेहतर प्रदर्शन की संभावना रखते हैं।

बुनियादी बातों के संदर्भ में निवेशकों को उन कंपनियों को देखना चाहिए, जो आर्थिक रूप से मजबूत हैं और सकारात्मक नकदी प्रवाह, अच्छी गुणवत्ता प्रबंधन और कम मूल्यांकन पर व्यापार करते हैं।

CAN SLIM सिद्धांत

CAN SLIM मॉडल ने हमें प्रेरित किया, जो विलियम ओ'नील द्वारा अमेरिका में प्रेरित किया गया। हमने भारत में सभी सूचीबद्ध कंपनियों को

स्वचालित प्रौद्योगिकी-संचालित स्क्रीनर्स में डाल दिया है और हम इन स्क्रीनर्स को रोज चलाते हैं। यहाँ इसका मतलब दिया जा रहा है।

C : Current EPS : वर्तमान ई.पी.एस. (EPS)। इसे बढ़ाना, साल-दर-साल और तिमाही-तिमाही बढ़ाना चाहिए।

A : Actual earnings : पिछले तीन वर्षों में वास्तविक कमाई। यह 18 प्रतिशत-25 प्रतिशत सीमा में होनी चाहिए। उसके नीचे, जरूरी नहीं कि हम इसे देखें।

N : Novelty or Newness : नवीनता या नयापन—यह बहुत प्रासंगिक है और हमें लगता है कि विजेता खोजने पर सबसे अधिक प्रभाव पड़ता है। नए उत्पाद, नया प्रबंधन। यहाँ तक कि नई लिस्टिंग के बाद से आई.पी.ओ. कीमत में वृद्धि के लिए बहुत जगह प्रदान करता है। इनमें से बहुत सी कहानियाँ बड़े-बड़े फंडों के अंडर हैं और उनकी सराहना की जाती है। वे बहुत बाद में आते हैं।

S : Share बकाया शेयर : उन्हें आपूर्ति और तंग में सीमित होना चाहिए। उन्हें राजधानी के बड़े जारीकर्ता नहीं होना चाहिए। लगातार तनु (Serial Dilute) नहीं।

L : Leadership नेतृत्व : इन 5,000 में से कौन सा स्टॉक एक-दूसरे के जीवनकाल को उच्च बनाने के सापेक्ष है। यह एक अत्यंत प्रासंगिक बिंदु है। यह बहुत ही उचित लगता है; लेकिन यह हिस्सा हमें बताता है कि आपको नेतृत्व पर ध्यान देने की आवश्यकता है। आपको 52 सप्ताह के उच्च मूल्य पर देखने की आवश्यकता है। ज्यादातर लोग दूसरी तरह से देखते हैं। है न? हम इसके लिए स्क्रीनिंग करते हैं।

I : Institutional संस्थागत प्रायोजन : मुझे लगता है कि भारतीय संदर्भ में इसका मतलब सिर्फ यह है कि वहाँ पहले से ही कुछ स्मार्ट मनी निवेशक हैं।

M : Market बाजार की दिशा : यह एक ऐसी चीज है, जिस पर हम उतना जोर नहीं देते हैं। क्या बाजार में बढ़त या गिरावट है? यह वास्तव

में आपकी खरीदारी को थोड़ा बेहतर बनाने में आपकी मदद कर सकता है।

- यह आपको कल के गरम शेयरों को स्क्रीन करने में मदद करता है।
- निश्चित रूप से हम CAN SLIM स्क्रीनिंग प्रक्रिया चलाने के बाद बहुत से मौलिक काम करते हैं; लेकिन इस तरह के नाम जब फेंके जाते हैं तो वे पहले ही चार या पाँच बार बढ़ चुके होते हैं। सामान्य मानव मन कहेगा, ठीक है, यह तीन महीने पहले 25 रुपए था, अब 100 रुपए है। आप इसे कैसे खरीद सकते हैं? लेकिन कुछ सबसे बड़े लाभ—आयशर मोटर्स 1,000 रुपए से 10,000 रुपए तक चले गए; अब यह 30,000 रुपए है। एम.आर.एफ. टायर्स 1,000 रुपए से 10,000 रुपए तक चला गया; अब यह 70,000 रुपए है। मेरे विचार से, आपको यहाँ अपने सबसे बड़े विजेता मिलेंगे और आप जानते हैं, हमने इसे प्रौद्योगिकी-संचालित प्रक्रिया में डालने की कोशिश की है। इसे एक बटन के प्रेस पर रोज चलाया जाता है। हम अभी एक दशक से इस पर काम कर रहे हैं, इसलिए हम इसमें लगातार सुधार कर रहे हैं।

□

सूत्र : कैसे बनें अरबपति?

100 करोड़

अगर हम 24 प्रतिशत रिटर्न्स प्राप्त करते हैं

10,00,0000 बनते हैं

100 करोड़ रुपए 30 साल

वर्ष	धनराशि (रु. में)	धनराशि (रु. में)
0	10,00,000	10 लाख
3	20,00,000	20 लाख
6	40,00,000	40 लाख
9	80,00,000	80 लाख
12	1,60,00,000	1.60 करोड़
15	3,20,00,000	3.20 करोड़
18	6,40,00,000	6.40 करोड़
21	12,80,00,000	12.80 करोड़
24	25,60,00,000	25.60 करोड़
27	51,20,00,000	51.20 करोड़
30	1,02,40,00,000	100 करोड़

हम 36 प्रतिशत रिटर्न्स प्राप्त करते हैं तो

10,00,0000 बनते हैं 100 करोड़ रुपए 20 साल में

वर्ष	धनराशि (रु. में)	धनराशि (रु. में)
0	10,00,000	10 लाख
2	20,00,000	20 लाख
4	40,00,000	40 लाख
6	80,00,000	80 लाख
8	1,60,00,000	1.60 करोड़
10	3,20,00,000	3.20 करोड़
12	6,40,00,000	6.40 करोड़
14	12,80,00,000	12.80 करोड़
16	25,60,00,000	25.60 करोड़
18	51,20,00,000	51.20 करोड़
20	1,02,40,00,000	100 करोड़

कंपाउंडिंग की शक्ति

10,000 रुपए का एकल निवेश

25 वर्ष 126 करोड़ में 10,000 रुपए @ 60 प्रतिशत

30 वर्ष 191 करोड़ में 10,000 रुपए @ 50 प्रतिशत

35 वर्ष 130 करोड़ में 10,000 रुपए @ 40 प्रतिशत

40 वर्ष 106 करोड़ में 10,000 रुपए @ 30 प्रतिशत

इन सिद्धांत को लागू करने के बाद आप शेयर बाजार से रिटर्न प्राप्त करने में सक्षम हो जाएँगे। मान लीजिए कि आप केवल 10,000 रुपए का निवेश करते हैं और नियमित रूप से निवेश करते हैं तो आपको नियमित रूप से रिटर्न मिलेगा। आपको कंपाउंडिंग के सिद्धांतों को लागू करना होगा और आपको शानदार रिटर्न मिलेगा।

हमने ऊपर तालिका दिखाई है। अगर आपको वार्षिक 30 प्रतिशत रिटर्न मिलता है तो आप 40 वर्षों में अरबपति हो जाएँगे। अगर आपको वार्षिक आधार पर 50 प्रतिशत रिटर्न मिलता है तो आपको अरबपति बनने के लिए 30 वर्ष का समय लगेगा।

आपको अरबपति बनने के लिए अपना रास्ता तय करना होगा। आपको निर्णय लेना होगा और एक दिन आप अरबपति बन जाएँगे। हमेशा कंपाउंडिंग की शक्ति को याद रखें। हमें किसी भी कीमत पर अरबपति बनना है।

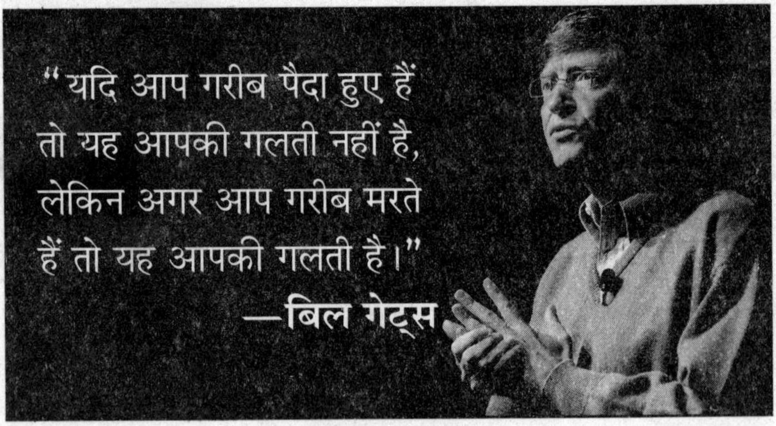

□□□